책 읽는
아틀리에

일러두기

1. 이 책은 화가 천지수가 2016년~2020년, 5년 동안 「스포츠경향」과 「레이디경향」에
   '천지수의 책 읽는 아틀리에'라는 제목으로 연재했던 글들을 고치고 보완하여 묶은
   것이다.
2. 『오늘을 살아갈 용기—아들러 심리학』에서 인용한 문장을 문법에 맞게 조금 고쳤다.

책 읽는 아틀리에

나를 열고 들어가는 열쇠 ―

천지수 지음

천년의상상

우리 책방에선 6년째 클래식 음악 콘서트를 열고 있는데 언젠가 음악 감독에게 이런 주문을 한 적이 있다. 연주자가 책을 읽고 그 책을 읽는 동안 떠오른 영감으로 곡을 골라 연주해 달라고. 텍스트에서 음악을 떠올려 달라는 주문이었는데, 한두 번 하고는 그만두었다. 나의 주문을 맞추는 건 쉽지 않았다.

천지수 화가가 바로 그 일을 했다. '책을 읽고, 쓰는' 행위를 '보고, 그리는' 행위로 바꾸는 작업. 책 세상을 그림 세상으로 바꿔놓는 지극히 창조적인 작업. 양쪽에 다 능해야 가능한 작업.

책엔 그녀가 읽은 책 53권의 감상기와 그림 53점이 실려있다. 나는 원고를 읽으며 그림을 원화로 보고 싶다는 생각도 했지만, 그보다 강렬한 것은 '어쩜 이렇게 글을 잘 쓸까' 였다. 그녀가 읽은 책 중엔 내가 읽은 책도 더러 있었는데, 같은 책을 읽은 게 맞나 싶을 만큼 그녀의 평은 책마다의 핵심에 닿고 저자라면 좋아할 생각으로 나아갔다. 자신만의 중요한 질문들로.

그녀의 글은 나로 하여금 다시, 제대로 읽으라고 등을 떠민다. 좋은 글은 이런 법이다. 읽고 싶게 자극한다. 단순히 글 쓰는 화가를 넘어 글과 그림을 넘나들고 사유와 사유 사이를 활보하는 '새로운 작가'의 책이다.

최인아 (카피라이터. 크리에이티브 디렉터이자 최인아책방 대표)

이 희대의 장난,
그 결과물은 바로 나였어

화가가 되기 위해 습작을 하고 미술을 공부하던 시절의 어느 날이었다. 그림을 그리다 말고, 손에 든 붓끝을 보았다. 'bristle'. 명사로는 '짧고 뻣뻣한 털'이라는 뜻이지만, 동사로 쓰면 '발끈하다'는 의미다. '언제나 곤두서있는 존재라니!' 손에 들린 붓끝을 내려다보며 한참을 서 있었다. 오롯한 붓끝이 어느새 내 몸이 되었다. 어떤 '도약'의 순간이었다. 평범했던 미술학도가 비로소 '화가'가 되던 시간. 그날부터 붓은 내 몸이었다. 깎이고 쓸려도 예민한 촉수를 벼리며 살아왔다. 나는 지금도 가끔 붓끝을 본다. 그러면 붓은 마치 무기처럼 발끈하고 묵직해진다.

'명사의 삶이 아니라
동사의 삶'을 살고 싶었다

대학 졸업 후 이탈리아로 유학을 결심했다. 나에게 나는 이미 화가였지만, 이제 세상으로부터도 호출되는 화가여야겠다고 생각했다. 그 시절 내 화두는 '명사名詞의 삶'보다는 '동사動詞의 삶'이었다. '명사가 되는 순간부터 인간의 삶은 시시해진다'라고 여겼다. '그림'은 명사지만 '그리다'는 동사다. 그림은 아무리 대단하다 여겨도 값비싼 물건처럼 취급되곤 한다. 하지만 '그리는 행위'는 때로 존엄하고 숭고하기에 '그리는 사람'은 위대함에 다가갈 수 있다고 생각했다. '화가'라는 명사로 불리는 것에 만족하기보단, '그리기', '그리기를 사랑하기', '그리기를 사랑하는 나를 사랑하기'……. 이런 방식으로 동사적인 삶을 끝까지 살아내고 싶었다. 그래서 안착보다 모험을 택했다. 지금 생각해 봐도 이십 대 중반, 그 새파란 청춘이 어떻게 그런 기특한 생각을 했는지 모르겠다.

이탈리아 시절 가장 큰 성취는 2003년 '지오반니 페리코네' 이탈리아미술대전La pittura 4 edizione 'Giovanni Pericone'에서 대상을 받은 것이다. 어려서부터 소망했던 세상의 화가로 평가받은 것이다. 집으로 돌아갈 만한 자격이 생겼다고 판단했다. 그런데 귀국 후 예기치 않게 나는 아티스트로서 별다른 진전을 보이지 못했다. 깊은 슬럼프가 찾아왔다. 마음의 서성거림에 탈출구가 필요했다. 그러던 중 2008년 탄자니아에서 암석벽화 복원작업에 참여해 달라는 요청을 받았다. 망설이지 않고 아프리카 오지를 향해 떠났다. 아프리카 생활은 위험한 롤러코스터처럼 하루하루 파란만장했다. 매일매일 행복했다. '맹렬한 생명' 그 자체를 온몸으로 받아안는 날들이었다. 탄자니아 생활 2년은 화가로서의 내 정체성을 다시 확인하는 시간이었다. 귀국 후 나는 결혼과 출산, 살림과 육아로 인해 한동안 붓을 놓아야 했다. 하지만 배부른 사자처럼 느긋하게, 나를 향해 다가오는 사냥의 시간을 기다렸다.

페인팅 북리뷰
—'미술-서평 융합 프로젝트'

그러던 어느 날이었다. 아일랜드에서 기업정보분석회사를 운영하는 선배에게 연락이 왔다. 오랜만에 고국을 방문한 그녀는 날 보자마자 "너, 당장 만나볼 사람이 있어"라고 첫 마디를 던졌다. 그렇게 김성신 출판평론가를 만났다. 얼마 후 그로부터 연락이 왔다. "천지수 씨, 우리 재미있는 실험 한번 해봐요." '페인팅 북리뷰painting bookreview'라는 파격적이고 모험적인 칼럼을 일간지에 연재하자는 제안이었다. 내가 읽은 책에 대한 느낌과 감상을 글과 그림으로 재탄생시키는 이중 작업이었다. 책에서 받은 예술 영감을 그림 서평으로 재해석하는 메타 창작 기획. 책으로부터 착안한 그림은 많지만, 이런 식으로 '미술과 서평을 융합하는 프로젝트'는 기존에 없는 새로운 시도였다. 김 평론가가 쏟아내는 말은 설명이나 설득이 아니었다. 그것은 반짝이는 선물이었다. 그날 밤 나는 보채는 아들을 뒤로하고 말랐던 붓끝에 다시 물감을 찍었다.

책과 독서에 익숙하지 않았기에 당장 글을 쓰는 일이 부담이었다. 그러자 김 평론가는 '좋은 글이란 멋진 표현법에서 나오는 것이 아니라 좋은 생각이 우선이라며 문장 교열은 자신이 도와줄 테니, '페인팅 북리뷰'라는 이름에 어울리는 즐겁고 좋은 상상을 하라'고 독려했다. 내가 만난 책의 세계는 놀랍고 신기했다. 우주처럼 넓고, 무한한 가능성으로 가득했다. 숨이 멎을듯한 아름다운 세계로의 진입이었다. 나의 내면에는 새로운 불꽃과 연기가 피워 올랐고, 연재를 거듭할수록 성장하는 나 자신을 발견할 수 있었다. 이탈리아에서 탄자니아로 맹렬히 포효했던 내 지난 시절은 책과 함께 달고 단단한 열매로 붉게 익었다. 그렇게 5년 동안 미친 듯이 책을 읽고 떠오르는 영감을 온몸으로 그렸다.

'단상'이 아닌
'상상', 그 변화가 핵심이다

5년 동안 '페인팅 북리뷰 프로젝트'를 수행한 이후로 나는 무엇이 달라졌을까? 우선 '세상을 바라보는 눈'과 '나와 타인의 삶을 대하는 자세'가 달라졌다. 무엇보다 내 머릿속에 펼쳐지는 '상상의 수준'이 달라졌다. 이전의 나는 막연하고 관념적인 단상 수준에 머물렀다면, 이제 나는 이전보다 훨씬 구체적이고 명료한 상상을 한다. 한마디로 내 머릿속이 아프리카의 거대한 사파리 국립공원처럼 된 것이다. '페인팅 북리뷰'는 저자가 구성해 놓은 책 속의 질서를 미술로 해체deconstruction 하고 재구성reconstruction하여, 이 과정 자체를 문장으로 기록하는, 즉 '메타적 시선'을 표현하는 작업이다. 구조화된 지배적 이야기와 이 미지들을 해체하는 이런 작업은, 화가인 나에게 대안적 상상alternative imagination을 가능하게 만들었다. 읽고, 그리고, 쓰는 행위 사이에서 그 것들끼리의 독특한 연대와 화학반응이 일어났고, 그 과정에서 나의 머리엔 다양한 영감들이 피어올랐다.

장난처럼 놀이처럼 즐겁게 시작한 프로젝트의 결과는 놀라웠다. 아티스트로서의 나의 머리에는 도약, 양질전화, 말 그대로 혁명이 일어났다. 내 수명이 천 년쯤 된다고 해도 그 세월을 몽땅 그림으로 채워낼 수 있다고 믿는다. '창조적 영감의 씨앗'이 가득 찬 창고를 소유했기 때문이다. 이 책을 엮는 이유 중 하나는 창조적 영감이 사라진 존재에게 나만의 말을 건네기 위함이다. 창조적 상상이 필요한 세상 사람들에게, 책과 독서로부터 영감을 얻는, 중요한 단서를 알려주고 싶었다. 화가로서 내가 읽은 책은 배움의 대상에 그치지 않았다. 책을 보고, 씹고, 재구성해서 나만의 날개를 만들었다. 책에서 받은 창조적 영감은 나의 붓이 더 멋지게 춤출 수 있도록 안내했다.

독서를 통해 다시 여자가 되었고,
다시 화가가 되었다

　삶의 굴곡을 이겨내는 데도 책과 그림은 나에게 큰 힘을 주었다. 나는 얼마 전 이혼했다. 세상에 태어나서 두 번째로 잘한 선택이라 믿는다. 가장 잘한 선택은 결혼이었다. 아들 학선이를 태어나게 한 결정이었으니 말이다. 지나고 보니 벌써 추억처럼 되었지만, 막상 이혼이라는 일련의 절차는 꽤 구차하고 어려웠다. 그 와중에도 책을 읽고 그림을 그렸고, 내면적 변화에 대해 글을 쓰는 것을 멈추지 않았다. 나는 독서를 통해 다시 여자가 되었고, 다시 화가가 되었다. 나아가 혼자 아이를 키우며 살아갈 용기를 얻었으며 삶의 방향을 가다듬었다. 나의 인생은 오히려 이혼을 통해 똑바로 섰다. 모두 독서가 제공해준 지성과 깨달음의 힘이다.
　인쇄된 신문에서 가끔은 지면을 잘못 얻어 희미한 흑백 사진으로 그림들이 게재되기도 했다. 컬러로 나왔어도 해상도가 많이 떨어지는 신문 지면이니 그것도 사실상 작품 감상이라고 하긴 어렵다. 따라서 내가 그린 북리뷰 페인팅 작품들을 제대로 본 사람이 거의 없다. 한편 칼럼이란 이름으로 글도 함께 실렸지만, 서평을 글보다 그림을 중심으로 표현하려 했기에, 그러한 실험적인 도전 속에서 나의 글도 정체불명의 문장이 되었다. 하지만 '페인팅 북리뷰'는 그림과 글이라는 결과물보다 그것을 만들어가는 과정 자체가 의미를 가지는, 아주 묘한 프로젝트였다.

생각해 보면 인생도 그렇지 않은가. 태어나고, 살고, 죽는다는 건 그 자체로는 별로 중요하지 않다. 그보단 어떤 '의미'와 어떤 '가치'로 살았느냐가 중요하다. 다시 말해 '꿈'과 그것을 이루려는 '의지'가 진정한 인생을 만드는 것이 아닐까? 나는 '페인팅 북리뷰 프로젝트'를 통해 바로 이 점을 깨달았다. 희대의 장난이라고 할 만한 '페인팅 북리뷰 프로젝트'의 결과물은 바로 천지수, 나 자신이었다는 사실 말이다. 이 기묘한 놀이를 기획해 5년 동안 함께 놀아준 김성신 평론가와 「스포츠경향」엄민용 국장님께 깊이 감사드린다. 이분들과는 남은 평생 함께 장난치며 놀 것이 분명하다. 그리고 무엇보다 내 사랑, 내 아들, 김학선에게 나의 첫 책을 바친다.

2021년 4월 5일 식목일,
하필이면 '물의 근원'이라는 이름을 가진 나의 도시에서
천지수

차례

1. 그저 나답게 사는 법

2. 여전히 삶은 계속되고

3. 기어이 함께 살아 봐요

4. 모든 생명은 찬란하다

1.

그저 나답게 사는 법

'보통'과
'정상'은
시시때때로
끔찍하다.

내 인생의 비겁들아,
영원히 안녕

샌드백 치고 안녕
_박장호

"네가 왜 방어를 못 했는지 알아?"

"실력이 부족해서요."

"그게 아니라 두려움 때문이야. 겁을 먹으니까 펀치를 못 보는 거지."

한국 서정시의 특징 중 하나는 여성 화자가 압도적으로 많다는 것이다. 시인의 성비는 남성이 압도적인데도 희한하게 그러하다. 김소월의 영향 때문일지도 모르겠다. 박장호 시인은 그런 면에서 귀한 존재다. 첫 시집 『나는 맛있다』에 등장하는 시편들은 대개 남성적이고 직설적이다. 글만 보면, 근육질의 팔팔한 청년이기만 할 것 같았던 박장호 시인, 그가 벌써 불혹의 나이를 넘겼다니……. 2년 전, 마흔 살이 된 시인은 문득 거울 속 자신의 모습에서 양분이 고갈된 화분을 본다. 시인은 곧바로 '슈가복싱클럽'에 등록한다.

박장호 시인은 이후 7개월간 복싱이라는 치열한 육체적 수련 과정에 몰두한다. 『샌드백 치고 안녕』은 복싱을 통해 내면을 일깨우고 삶을 성찰한 과정을 섬세하게 기록한 책이다. 책을 읽는 내내 거친 숨소리와 땀 냄새가 고스란히 느껴졌다.

어느 날 시인은 훈련 중에 스파링을 끝낸 한 중학생과 관장님 사이에 오가는 대화를 듣는다. "겁을 먹으니까 펀치를 못 보는 거지." 시인은 관장님의 말이 자신에게 하는 것처럼 느껴졌다. 육체만 쇠락한 것이 아니었다. 시인은 내면도 쇠락해버린 자신을 본다. 나이 먹고는 이리저리 세상이나 재면서, 용기 대신 '겁'이나 잔뜩 집어먹고, 그렇게 해서 삶으로부터 날아오는 '펀치'에는 눈을 질끈 감아버렸던 자신의 비루한 모습을 그 순간 보게 된 것이다.

'멕시칸 복싱'은 뒷다리의 발꿈치를 들고 체중은 앞다리에 싣는 것이 기본자세란다. 저자의 표현대로, 이것은 언제든 앞으로 치고 들어갈 수 있는 자세다. '두려움을 이기지 못하면 유지할 수 없는 자세'인 것이다.

멕시칸 복싱

61x73cm Mixed Media on Canvas 2017

대개 두려움이란 자신이 스스로 만들어 내는 것이다. 그렇다면 눈에 보이지 않는 두려움을 눈에 보이게 하는 방법은 무엇일까? 두려움을 느낄 사이도 없이 '행동'해 버리면 되지 않을까. 멕시칸 복싱의 저돌적인 기본자세를 삶에 장착하고 산다면 가능할지도 모르겠다.

뭘 잘하려고 애를 쓰면 더 안 되고 꼬이기도 한다. 삶의 아이러니지만 화가도 여기서 자유롭지 못하다. 그림이 잘 안 되는 경우의 대부분이 '잘하려고 할 때'다. 두려움은 결국 욕망이 본질을 앞설 때 만들어진다. 그렇게 화가의 손에 들려진 붓이 욕망의 도구가 되면, 사실 그 그림은 이미 끝장이다. 좋은 그림이란 욕심의 구현이 아니라, 순수한 예술적 몰두의 결과다.

미대를 다니던 시절의 일이다. 유난히 그림이 되지 않는 날이었다. 결국 그림을 망치고 말았다. '에라이~' 하는 마음으로 그리다 만 캔버스에 과감하게 낙서를 했다. 하필 그때 교수가 그 장면을 봤다. '오늘 혼 좀 나겠구나' 하고 쭈뼛거리는데, 유심히 내 그림을 보던 교수는 놀랍게도 칭찬을 했다. 버릴 그림이라고 생각하고 두려움 없이 휘갈긴 낙서가 의외의 결과를 만든 것이다. 『샌드백 치고 안녕』을 쓴 박장호 시인의 복싱도 이와 비슷하지 않았을까. '확 휘갈겨 보는 마음' 말이다. 이리 재고 저리 생각하는 계산보다는 그렇게 자신을 자유롭게 놓아주는 것. 복싱의 고수든 예술의 고수든 그 지극한 경지가 필요하다.

이번에는 유화 대신 목탄을 사용했다. 쉴 새 없이 뻗고 던지는 펀치의 운동성을 내 화폭에 고스란히 옮겨오려면, 낙서처럼 그렸다가 지우기를 반복할 수 있는 목탄이 잘 맞았다. 나는 링 위에서 싸우는 두 사람을 그렸다. 둘 중 하나는 '나'다. 하지만 상대편은 사람이 아닐 수 있다. 이것은 '내면의 두려움'과의 시합일 수도 있다.

목탄으로 그리고 지우고, 물감을 칠했다가 또 지우기를 반복하며 그림을 최대한 망치려고 해 본다. 나는 캔버스 위에서 의도적으로 실패를 구현해 보고 싶었다. 용감함은 더 잃을 것이 없을 때 생긴다. 나는 이 그림을 그리는 동안만은 용감해지고 싶었다. 그림 속 복싱하는 사람 뒤로 겹을 이루는 잔상들은 두려움에 맞서고 실패와 싸우면서도 끝내 다시 일어나 전진할 수 있는 인간을 표현한 것이다.

"너와 나, 그리고 모든 사람들에게 인생이란 것은 결국 난타전이야. 네가 얼마나 센 펀치를 날리느냐가 아니라 네가 끝없이 맞아 가면서도 조금씩 전진하며 하나씩 얻어 나가는 게 중요한 거야. 계속 전진하면서 말이야. 그게 바로 진정한 승리야. 몇 대 맞지 않으려고 남과 세상을 탓해선 안 돼."

완성한 그림을 앞에 두고 영화 〈록키 발보아〉에 나왔던 이 대사를 떠올렸다. 박장호 시인이 해낸 '안녕'을 이제 나도 해 본다.

"내 인생의 비겁들아, 영원히 안녕!"

각자의 속도로,
서로의 리듬으로

어른은 어떻게 돼?
_박철현

"그러니까 이 책을, 독자들은 '17년 전에 일본 땅에 도피성 유학을 떠난 한국인 청년이 일본 여자를 만나 결혼하고 이 직업 저 직업을 전전하다가 시간이 흘러 중년의 아저씨가 됐는데, 어라? 식구가 네 명이나 늘었네? 돈도 잘 못 버는 것 같은데 이 아저씨 이제 어떡하지? 이번 생은 망해야 정상인데, 어? 잘 살고 있네'라는 느낌으로 읽어주신다면 무지하게 감사하겠다."

저자가 프롤로그에 써놓은 말이다. 하지만 책을 다 읽고 나면 "무지하게 감사하겠다"는 그 인사는 오히려 내가 저자에게 하고 싶은 말이 된다. 그가 전해 주는 가족 이야기는 평범하게 살아가는 모두에게 그 평범함이 얼마나 멋지고 아름다울 수 있는지를 깨닫게 해주었다. 분명한 힘과 용기가 돼 준다.

　박철현의 에세이 『어른은 어떻게 돼?』는 일본에서 사는 한 평범한 가족 이야기다. 일본인 아내 그리고 네 명의 아이들이 그의 가족이다. 술집 주인을 거쳐 현재 인테리어업체를 운영하는 그의 페이스북 프로필은 '노가다 뛰는 칼럼니스트'다. 지금은 가족의 생계를 책임지는 든든한 어른이자 중년 가장이지만, 20대 때 첫 아이를 낳았을 때만 해도 "애가 애를 낳아서 어쩌려고 그러냐"는 말을 들었을 만큼 철부지로 여겨졌다. 이 말을 받아서 『어른은 어떻게 돼?』를 한 문장으로 소개하면 '애기 같은 애기 아빠의 어른 아빠 성장기'다. 소소하지만 감동적이고, 때로는 감동을 넘어 인생에 대한 깨달음이 책장에 스며 있다. 가령 이런 이야기.

　장인의 장례식 날. 숙연한 채 있지 못하고 차 안에서 시끄럽게 떠드는 아이들에게 그는 화를 낸다. 하지만 막상 그 아이들은 장례식장에서 고인이 된 할아버지 얼굴을 거리낌 없이 쓰다듬으며 할아버지와 대화하듯이 인사말을 한다.

　"할아버지 잘 가요. 그동안 감사했고요. 아 참, 저쪽 세상 아름답대요."

　할아버지와 사진을 찍을 때는 마치 살아있는 사람을 대하듯 활짝

웃으며 포즈를 취한다. 아이들은 할아버지가 아름다운 저쪽 세상으로 가신 것이고, 항상 가족의 마음에 살아 계시다는 사실을 진심으로 느끼고 있었던 것이다. 아빠는 이런 아이들을 보며 과연 죽음을 대하는 태도가 어떠해야 하는지를 다시 생각한다. 틀에 박힌 관습에서 자유롭지 못한 자기 인식의 한계를 반성한다.

이런 에피소드도 인상적이다. 첫째 아이가 초등학교 졸업식에서 한복을 입고 단상에 올라가 재학생에게 보내는 편지를 읽겠다고 한다. 아빠는 극성스러운 일본 극우주의자라도 있으면 어떻게 하나 걱정을 한다. 그런 아빠에게 딸은 말한다. "치마저고리 예쁘잖아. 왜 무슨 문제 있어?"

어른들의 무거운 생각은 옳고, 아이들의 가벼운 생각은 틀린 것인가? 아니다. 때로는 아이들의 가벼움은 어른들이 지고 사는 무거움 속에 어떤 잘못이 있는지를 밝혀 준다. 순수로부터 우리가 얼마나 멀어졌는지, 순수를 잃고 얼마나 불행해졌는지, 아이들은 바로 그런 것들을 우리에게 깨닫게 만든다.

어린 아들과 살아가는 나는, 책을 한 페이지씩 넘길 때마다 공감했다. 그리고 그 공감 속에서 이런 생각과 질문들이 머릿속에 줄을 잇기 시작했다. 성인이 된 이후 나는 점차 복잡하고 무거워지면서 그것을 마땅히 어른이 되는 과정이라고 생각해왔다. 하지만 복잡하고 무거운 생각들이 내 인생을 더 가치 있게 만들었을까. 더 행복하게 만들었을까. 안락하고 안전한 삶만이 중요한가. 어른이 되고 나서는 무엇이 돼야 하는가. 어른은 더 성장해서 결국은 인간이 돼야 하지 않을까. 어른이 되기 위해선 무거움이 필요했을지 모르겠지만, 인간이 되기 위해선 다시 가벼워져야 하지 않을까. 위대한 인간이 모두 순수한 자신을 지켜냈던 것처럼.

그러고 보니 나 역시 저자처럼 내 아이를 통해 깨달은 것이 많다. 다만 그것을 대수롭지 않게 여기고 있었을 뿐이다. 하루는 어린 아들과 공원을 산책하고 있는데, 베인 나무 밑동이 있었다. 사실 그 나뭇등걸은 내게 아무런 주의도 끌지 못했다. 아들이 부러진 나뭇가지를 들고 와서 나뭇등걸을 북처럼 칠 때까지는.

"학선아, 지금 뭐 하는 거야?"

"엄마, 이렇게 잘린 나무를 두드리면 노래가 나와."

아이는 신나게 장단을 맞춰 '나무북'을 두들겼다. 아이는 나무에서 노래가 나온다고 진실로 믿었다. '소리'와 '노래' 사이 간극을 아이는 '가볍게' 뛰어넘었다. 아이의 발상은 마법이고 예술이었다. 그 순수한 믿음이 순식간에 전이돼 내게도 공명했다. 아이가 만드는 그 불규칙한 리듬은 내게 '잘린 나무의 넋을 위한 노래'로 고스란히 전해졌다.

잘린 나무 북의 노래

45.5×37.5cm Oil on Canvas 2018

『어른은 어떻게 돼?』를 읽고 그림을 상상하니 '잘린 나무 북의 노래'가 선명하게 떠올랐다. 마법처럼 나뭇등걸에서 나무가 춤추듯이 자라난다. 가지도 한없이 뻗어가고 잎도 돋아난다. 나뭇가지가 돌돌 말려 아이를 위한 롤리팝 사탕과 과자를 만든다. 나무의 환생을 축하해주려고 아이가 좋아하는 동물들이 모여든다. 아이가 마음속으로 부른 나무의 노래 속에는 분명 이런 것들이 등장했을 것이다.

이 달콤하고 따뜻한 위로의 노래는 한없이 무거운 생각들을 가루처럼 날려 버린다. 아이의 노래는 무겁게 굳은 어른들의 '마음 성장판'을 다시 열어준다. 『어른은 어떻게 돼?』는 '어른들이 비로소 인간이 되는 방법'을 알려준다. 윌리엄 워즈워스의 시 「무지개」를 다시 읽는다.

"하늘의 무지개를 바라보노라면 / 내 마음은 뛰누나 / 어렸을 적에도 그러했고 / 어른이 된 지금도 그러하며 / 나중에 늙어도 그러하리라 / 아니면 차라리 죽는 게 나으리 / 아이는 어른의 아버지 / 부디 나의 하루하루가 / 자연에 대한 경외심으로 이어지기를."

내가 어릴 때 가고 싶었던 그 무지개 나라를 이젠 내 아이의 눈을 통해 내가 그리고 있다.

발효할 것인가,
부패할 것인가

달을 보며 빵을 굽다
_쓰카모토 쿠미

"재미있겠다는 생각이 들었다."

어처구니없을 정도로 평범한 이 문장이 그날따라 자꾸 입가에 맴돌았다. 나도 모르게 온종일 흥얼거리고 있는 노래처럼. 『달을 보며 빵을 굽다』라는 책을 읽은 날이었다. 순전히 이 문장 때문이었다.

"달이 찰수록 발효가 빨라진다는 옛 조상들의 지혜를 떠올리니, 자연의 힘을 거스르지 않고 따르면서 그에 맞춰 일하는 삶도 재미있겠다는 생각이 들었다."

이 문장을 읽을 때 "참 한가한 소리 하고 있네"라고 중얼거렸다. 얼마나 한가한 인생이면 '재미있겠다는 생각이 들었다'는 말도 할 수 있을까 싶었다. 한편으론 얼마나 여유 없는 인생이면 나는 남의 재미까지 질투 하나 싶기도 했다.

『달을 보며 빵을 굽다』를 쓴 쓰카모토 쿠미는 좀 특이한 제빵사다. 일본의 작은 도시 단바에서 달의 주기에 따라 빵을 굽고 여행을 한다. 그녀는 점포도 직원도 없는 빵집을 운영하며, 장소와 시간에 구애받지 않고, 자유롭게 자신이 원하는 빵을 만들고 여행을 떠나는 패턴을 반복한다. 저자는 자신의 삶에서 세 가지 가치를 중요하게 여긴다고 말한다. '함께 빵을 만드는 생산자들과의 인연', '자신이 일하고 머무는 도시 단바에 대한 애정' 그리고 '빵을 만든다는 것의 의미'.

달의 주기에 따라 빵을 굽는다고? 발상이 신선했다. 저자는 음력 초하룻날에서 보름을 지나 5일간 월령 0일에서 20일 사이에는 빵을 굽고, 보름달이 뜬 6일 후부터 다음 달 음력 초하룻날까지인 월령 21일에서 28일 사이에는 다음 빵을 만들기 위한 식재료를 찾는 여행을 한다. 달의 주기에 따라 발효 진행 속도가 다르다는 점에 착안해 반죽 숙성 시간에 차이를 두는 제빵 기술이다. 그녀가 독일 베를린 근교 작은 빵집에서 익힌 기술인데, 설명에 따르면 '하나의 사상적 개념을 제빵에 적용한 것'이라고 한다.

독일의 사상가 루돌프 슈타이너가 창안한 '바이오 다이내믹 농법'에서는 먹거리 생산시스템 자체도 하나의 생명체로 인식한다. 우리 인간 역시 생명체의 변화에 따라 생활하면서 근본적인 풍요로움을 만든다. 달의 주기에 삶의 주기를 맞추고, 제철에 나오는 가장 신선한 수확물만 사용해 빵을 만드는 방식은 이런 생각에서 출발했다. 자연의 조화로움을 자신의 삶에 끌어들여 적용한 것이다.

저자의 신념대로 달의 주기와 발효가 밀접한 관계라면, 그 비밀이 무척 신비롭고 궁금했다. 마법 같다는 생각도 들었다. 발효는 미생물이 에너지를 얻기 위해 유기물을 분해하는 과정이다. 달이 미생물의 발효 활동을 활발하게 만드는 마법을 부리는 것일까? 미생물, 그 작디작은 아이들도 보름달이 뜨면 늑대처럼 변해 울부짖는 것일까?

천문학 지식이 부족하던 시절에는 다들 달을 올려다보며 나처럼 엉뚱한 상상의 나래를 펼쳤을 것이다. 산전수전 겪은 어른들보다 아이들의 인생이 훨씬 신나는 것처럼 그때 사람들은 훨씬 더 신나게 살았을 것만 같다. 달을 보고 사는 인생을 선택한 저자의 방식에 드디어 공감하기 시작했다.

캔버스를 펴고 만물의 법칙에 대해 재미있는 상상을 펼쳐본다. 내 아이가 어릴 때 좋아하던 장난감이 눈에 들어온다. 걸음마 시작할 때 갖고 놀던 장난감이다. 마차처럼 바퀴가 달려서 끈으로 끌면 굴러가는데, 그러면 동물 인형들이 원반 위에서 돌아간다. 그 인형들 머리에는 장식 구슬들이 달려 이리저리 흔들린다.

Toy's Secret

45×37.8cm Oil on Canvas 2019

나는 그 장난감 속 동물들의 입장이 돼보았다. 바퀴가 구르고 원반이 돌아가고 매달린 구슬들의 위치가 변하는 것……. 그 모든 것이 신비롭게 느껴졌다. 이 장난감처럼 우리를 둘러싼 우주의 모든 것은 이미 다 연결돼 있지 않을까. 거대하지만 지극히 단순한 법칙. 우리는 바로 그런 것들을 '진리'라고 부르지 않던가. 인생 경험상으로도 그렇다. 거짓들은 대체로 복잡하다. 반면 옳은 것들은 예외 없이 단순하다. 복잡한 것은 진짜 감추고 싶은 것을 포장하는 위장술로 쓰이기 쉽다. 그래서 복잡한 똑똑함은 사실 거짓인 경우가 다반사다. "사람이 복잡하게 살면 안 되는 것이로구나"라는 말은 그래서 일리 있다.

　　발효와 부패는 사실상 같은 맥락이다. 환경에 따라 절묘하게, 더 맛있게 먹을 수 있는 것과 먹으면 큰일 나는 존재로 바뀌는 것이다. 자연이 던져주는 이 은유는 정말이지 기가 막힌다.

　　"내 인생은 발효할 것인가, 부패할 것인가?"

　　『달을 보며 빵을 굽다』의 마지막 페이지를 덮으며 나 자신에게 던진 질문이다. 평생 이 질문 하나를 놓고 끝없이 묻고 대답해 보는 것도 '재미있겠다'는 생각이 들었다.

여자 이전에
사람이다

나혜석, 글 쓰는 여자의 탄생
_장영은 엮음

"경희도 사람이다. 그다음에는 여자다. 그러면 여자라는 것보다 먼저 사람이다. 또 조선 사회의 여자보다 먼저 우주 안 전 인류의 여성이다."(나혜석, 『경희』 중에서)

『나혜석, 글 쓰는 여자의 탄생』은 문인이자 한국 여성 최초의 서양화가 나혜석의 글을 모아 엮고 해설을 덧붙인 책이다. 근대 여성 지식인의 삶과 사상을 연구하고 있는 장영은 교수가 나혜석이 남긴 소설과 수필, 인터뷰와 논설 중에서 그녀의 페미니즘적 세계관과 육아관·정치의식 등을 엿볼 수 있는 글들을 선별했다.

『경희』는 나혜석 자신이 실제로 겪은 일을 쓴 자전적 소설이다.

"계집애라는 것은 시집가서 아들딸 낳고 시부모 섬기고 남편을 공경하면 그만이니라"며, 딸에게 결혼을 강요하는 아버지에게 주인공 경희는 "계집애도 사람인 이상 못 할 것이 없다"며 물러서지 않는다. 그녀도 평범한 삶과 자신이 선택한 불안한 삶 사이에서 내면적 갈등을 겪는다. 결국 경희는 '여성'이기 이전에 독립적 주체인 '사람'으로서, 그렇게 스스로 존재하기로 결단한다. 여성이 자신의 삶을 주체적으로 선택하고 결정하는 것! 고작 이 별것 아닌 것 같은 명제를 위해 수많은 여성들은 마음의 피를 흘렸다.

『경희』는 1918년 작이다. 나혜석은 이 소설을 쓸 때 무엇을 희망하고 또 어떤 삶을 떠올렸을까. 100년 후를 살아갈 여성들이 1918년의 자신과 똑같이 '여자이기 이전에 사람'임을 이토록 눈물겹게 인식해야 할 것이라고 과연 그녀는 상상이나 했을까? 나는 스물두 살의 젊은 나혜석 앞에서 부끄러웠다.

나혜석을 만나고 싶었다. 최초의 여성 일본 유학생, 최초의 여성 서양화가, 최초의 이혼 여성……. '최초로서의 삶'은 과연 어떤 것이었을까? 『나혜석, 글 쓰는 여자의 탄생』을 읽는 내내 그녀의 삶을 내 손으로 더듬었다.

"탐험하는 자가 없으면 그 길은 영원히 못 갈 것이오. 우리가 욕심을 내지 아니하면, 우리가 비난을 받지 아니하면, 우리의 역사를 무엇으로 꾸미잔 말이오. 다행히 우리 조선 여자 중에 누구라도 가치 있는 욕을 먹는 자 있다 하면 우리는 안심이오."

붉은 정글

65x53cm Oil on Canvas 2018

이 문장을 나는 눈이 아니라 온 육신으로 읽었다. 그녀의 당당함에 가슴이 떨렸다. 그녀의 용감함에 탄성이 터졌다. 그녀의 치열함에 소름이 돋았다. 나혜석은 100년 후의 나에게 '탐험하는 자'가 되라고 말했다. 탐험이란 목숨을 거는 여행이다. 무지를 안고 미지를 향해 발걸음을 내디뎌야 한다. 위험에 다가가야 하며, 고통을 견뎌야 하며, 운명에 목숨을 걸고 맞서 싸워야만 한다. 그것이 탐험이다.

나혜석을 만나고 싶었다. 그녀를 만나기 위해서는 탐험하는 나혜석을 찾아가야만 했다. 그녀는 지금 어디에 있을까? 『나혜석, 글 쓰는 여자의 탄생』이라는 지도책을 단서 삼아 나혜석의 위치를 가늠했다. 그곳은 '붉은 정글'이었다.

초록이 엉켜 있는 정글이 아니다. 사람의 피, 바로 그 빛깔의 붉은 정글. 살아서 가장 용감했던 사람만이 들어갈 수 있는 최후의 탐험지, 그곳이 바로 붉은 정글이다. 사는 동안 모든 게 최초였던 이가 최후에 가 닿았을 곳이라면, 이런 공간일 수밖에 없을 것이라고 확신했다.

나혜석을 만나기 위해 붉은 정글을 그려야 했다. 그리고 그림 속에서 결국 그녀를 만났다. 그녀는 내게 하나의 '질문'이었다. "너도 이 아름다운 탐험을 함께할 거지?" 그녀에게 되물었다. "나는 용감하지 못한데 당신처럼 탐험할 수 있을까요?" 나혜석은 대답 대신 책 속 한 페이지를 열어 손가락으로 가리켰다.

"나혜석은 '자기를 잊지 않고 살아가는 데' 패배란 없다고 생각했다. 심지어 고통도 그녀에게는 부차적인 것이었다. '우리의 가장 무서워하는 불행이 언제든지 내습할지라도 염려 없이 받아넘길 수 있을 것이다. 거기에 아무러한 고통이 있을지라도 그 고통 중에서 일신일변할지언정 결코 패배를 당할 이치는 만무하다.'"

붉은 물감을 가득 머금은 붓을 캔버스에서 내려놓으면서 나는 속으로 이렇게 말했다.

'나, 스스로를 잊지 않기로 한다.'

'나,
스스로를,
잊지,
않기로 한다.'

'보통 인간'을
연기하는 사회

편의점 인간
_무라타 사야카

    작가 무라타 사야카는 『편의점 인간』에서 서른여섯 살 아르바이트생을 주인공으로 등장시킨다. 그녀는 평범한 듯 기이하고, 기이한 듯 평범하다. 지독한 평범함은 기이함을 자아내고, 그 기이함은 다시 평범함으로 수렴된다. 작가는 이 캐릭터를 통해 순수한 노동을 우롱하는 폭력적인 자본의 권력을 우리 모두가 함께 증오하도록 만든다. 한마디로 『편의점 인간』은 기이한 예술적 에너지를 줄기차게 발산하는 작품이다.

    열여덟 살부터 시작해 무려 18년을 같은 편의점에서 알바를 하는 후루쿠라 게이코. 그녀는 '보통' 인간을 '연기'한다. 이 소설 속 주인공은 본인이 전혀 분노를 느끼지 않는데도, 다른 직원이 화를 내면 자신도 그 화난 말투를 따라 한다. 그러고 스스로 '능숙한 인간'이 됐다며 안도한다. 하지만 이 정도는 아주 약과다. "왜 (보통 인간이라면 마땅히 해야 할) 결혼을 하지 않느냐?"는 질문을 듣지 않기 위해, 고작 그 질문을 듣지 않기 위해! 주인공은 정말 어이없는 성품을 가진 '아무 남자'와 '아무렇게나' 동거를 시작한다.

편의점에서 '점원'이 되려면 제복을 입고 매뉴얼대로 행동하면 되는 것처럼, 후루쿠라는 이 세상에서도 '보통 인간'이 되려면 매뉴얼대로만 행동하면 된다고 여긴다. 그렇게만 하면 무리에서 쫓겨나거나 방해자로 취급당하는 일은 없을 것이라 믿는다. 그녀는 이렇게 말한다.

"그러니까 모든 사람 속에 있는 '보통 인간'이라는 가공의 생물을 연기하는 거예요. 저 편의점에서 모두 '점원'이라는 가공의 생물을 연기하고 있는 것과 마찬가지죠."

'가공의 생물'. 나는 이 단서를 따라가기로 했다. 내 앞에 놓인 캔버스를 기이한 장면이 펼쳐지는 '무대'로 만들어 보고 싶었다. 가공의 심해를 어항이라고 부르듯, 가공의 인간이라면 당연히 무대 위에 있어야 했다. 무대는 내가 나를 볼 수 있는 창문이니까.

여러 가지 표정과 여러 가지 포즈. 인간 군상들이 덩어리져 엉켜 있다. 여러 개의 스포트라이트가 그것을 밝게 비춰 드러낸다. 이 인간 덩어리는 양가적 의미를 가진다. 하나는 빈틈없는 매뉴얼에 따르는 보

연기하는 자아

72.5x61cm Oil on Canvas 2017

통 인간(인 척하는 인간), 또 하나는 매뉴얼을 거부하는 내면의 자아. 그리고 커튼 뒤에서 무대를 훔쳐보는 사람. 그는 '보통 인간'을 연기하는 사람일 수도, 무대 위에서 분열되고 엉킨 인간 덩어리를 보고 있는 '우리'일 수도 있다.

작가는 마치 편의점에 설치된 CCTV처럼 주인공의 평범한 일상을 극사실주의로 집요하게 묘사한다. 그와 동시에, 그녀의 기이한 내면을 정확히 같은 지점에 중첩시켜 놓는다. 이 지점에서 발생하는 예리함이 소설을 읽는 독자의 내면으로 곧장 파고 들어가도록 한다. 정말 기묘하고도 영리하다.

『편의점 인간』의 작가 무라타 사야카는 실제로도 18년째 편의점 알바를 계속하고 있다. 이미 지난 2003년 '군조신인문학상'까지 받으며 일본에서는 꽤 인정받는 작가였는데도 말이다. 소설을 읽는 내내 그런 작가의 삶과 생각이 궁금했다.

"극심한 고통에 대한 유일한 대안은 예술이다."

마지막 페이지까지 넘기고 책장을 덮자 문득 버나드 쇼의 이 문장이 떠올랐다. 우리가 살고 있는 현대는 어쩌면 무대 위의 형틀이 아닐까? 거기에 인간이 덕지덕지 엉겨 붙어 있다.

'보통'과 '정상'은 시시때때로 끔찍하다.

지금 살아있다는
증거

아침에는 죽음을 생각하는 것이 좋다
_김영민

"나는 어려운 시절이 오면, 어느 한적한 곳에 가서 문을 닫아걸고 죽음에 대해 생각하곤 했다. 그렇게 하루를 보내고 나면, 불안하던 삶이 오히려 견고해지는 것을 느꼈다. 지금도 삶의 기반이 되어 주는 것은 바로 그 감각이다. (…) 나는 이미 죽었기 때문에 어떻게든 버티고 살아갈 수 있다고."

『아침에는 죽음을 생각하는 것이 좋다』에 등장하는 문장이다. 이 책은 서울대 정치외교학부 김영민 교수의 첫 저서다. 2018년 추석, 한반도를 웃음으로 들썩이게 했던 화제의 칼럼 「추석이란 무엇인가」를 쓴 바로 그 김영민이다.

'아침부터 재수 없게 죽음을?'이라고 자동연상이 될 만한 문장을 뒤집어 책 제목으로 만들었다. 역시 그다운 발상이다. '죽음을 생각해 보라'는 제목을 보고, 혹시 자살 안내서쯤으로 오인해 이 책을 선택한 우울한 이가 있다면, 이 책은 곧바로 그를 웃겨서 자살을 포기하게 만들 것만 같다.

"행복이란, 온천물에 들어간 후 10초 같은 것. 그러한 느낌은 오래 지속될 수 없기에, 새해의 계획으로는 적절치 않다. 오래 지속될 수 없는 것을 바라다보면, 그 덧없음으로 말미암아 사람은 쉽게 불행해진다. 따라서 나는 차라리 소소한 근심을 누리며 살기를 원한다. 이를테면 '왜 만화 연재가 늦어지는 거지', '왜 디저트가 맛이 없는 거지'라고 근심하기를 바란다. 내가 이런 근심을 누린다는 것은, 이 근심을 압도할 큰 근심이 없다는 것이며, 따라서 나는 이 작은 근심들을 통해서 내가 불행하지 않다는 것을 안다."

「새해에 행복해지겠다는 계획은 없다」라는 에세이의 한 대목이다. 책에는 이 글을 포함해 모두 54편의 에세이와 2편의 인터뷰가 실려 있다. 일상에서, 학교에서, 사회에서, 영화에서, 대화에서 저자가 직접 만나고 경험한 이야기들이다. 이야기들은 가벼운 듯 보이나 가볍지 않고, 유머러스하지만 깊은 사유가 녹아 있다. 그는 아주 가볍게 우리의 통념을 뒤집는다. 가벼운 스냅으로 프라이팬을 크게 까불어 한쪽만 익었던 부침개를 한방에 뒤집는 느낌이랄까. 이것은 마치 쾌감처럼, 또 안도감처럼 감각되는 것이었다.

나는 '버티고 살아갈 수 있는 삶을 위한 무기는 바로 죽음에 대한 감각'이라는 저자의 말에 깊이 공감했다. 언젠가 그림을 그리다가 문득 '내가 지금 살아있다는 증거'에 대해 고민한 적이 있었다. 캔버스에서 아직 마르지 않은 물감, 앉아 있던 자리의 온기, 아직 식지 않은 커피잔……. 내가 스스로의 부재와 죽음을 연상하자 내 생명의 온갖 증거들이 즉시 감각됐다. 그때 깨달았다. 죽지 않을 것처럼 사는 인간은 쉽게 부도덕해진다. 반대로 죽음을 감각하는 인간은 도덕적일 수밖에 없다. 잘 살고 싶어지기 때문이다. 저자는 매일 아침 그렇게 하자는 것이다.

저자는 "새해에 쏟아져 내리는 눈송이는 모래시계 속으로 떨어져 내리는 시간의 입자가 아니라, 살고 싶었으나 끝내 살지 못했던 삶을 대신 살아주는 또 다른 내가 때려낸 홈런들이라고 생각하겠다"고 했다. 나는 이 문장을 읽을 때 눈이 내리는 풍경을 그리고 싶어졌다. 밤하늘과 밤바다가 서로를 꼭 껴안고 있는 곳에 내리는 눈. 바다는 증발해 구름을 만들고, 하늘은 눈을 만들어 내려주며 순환하는 지점. 여기서는 눈이 아래로만 내리진 않는다. 바다의 눈은 하늘을 비춰 솟아오른다. 생과 사, 역시 이렇게 맹렬히 포옹해 서로를 비추고 있음이 분명하다.

저자는 "세상을 꿈으로 보는 것은 아주 괜찮은 관점이다"라고 썼다. 아주 괜찮은 책이다. 진정으로 잘 살고 싶은 꿈을 꾸게 만든다.

Come back home

41×32cm Oil on Canvas 2019

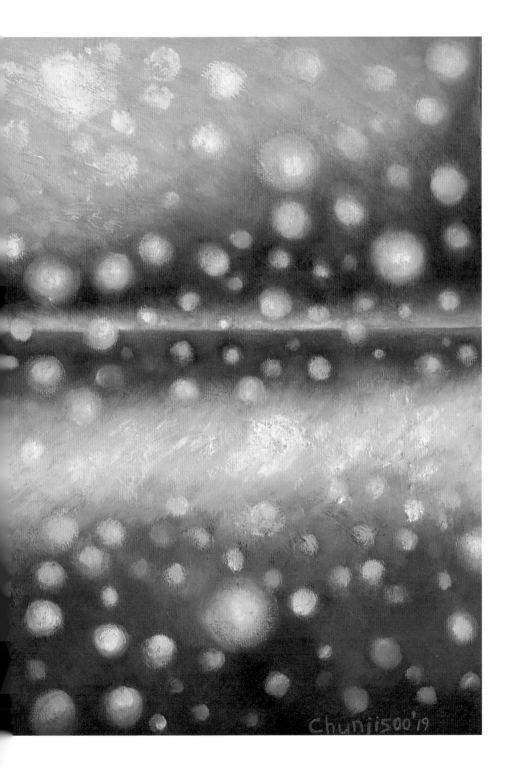
Chunji500'19

아이도
어른을 키운다

"아이들은 절대 잊지 않을지도 모른다."

『하느님 이 아이를 도우소서』는 노벨문학상과 퓰리처상 수상 작가 토니 모리슨이 2015년 발표한 소설이다. 토니 모리슨은 1970년 첫 소설을 펴낸 이후 지금까지 약 50년 동안 11편의 작품을 발표했다. 4~5년에 소설 한 편씩을 출간한 셈인데, 그녀의 작품을 사랑하는 독자라면 기다림에 속이 탈 만하다.

하지만 생각해 보면 책을 출간하는 주기는 합리적이다. 1988년 토니 모리슨에게 세계적 명성을 안겨준 『빌러비드』 출간 이후 그녀의 신작이 나오기까지 출판시장은 촉각을 곤두세운다. 그녀의 작품이 전 세계로 퍼져나가는 데 필요한 번역이 준비되고, 출간 이후 작품 해석이 충분히 이루어질 절대적 시간을 염두에 둔다면, 4~5년은 사실 출간에 필요한 최적의 숙성 기간이다. 한편으론 재능 있는 젊은 작가들을 단기간에 소비시켜 버리는 우리 출판환경과 비교하자니 부럽기도 하다.

『하느님 이 아이를 도우소서』는 원작 출간 이후 우리 손에 들리기까지 3년여의 시간이 걸렸다. 언제나 믿고 읽는 정영목 교수 번역이기도 하지만, 충분한 시간 속에서 충분한 숙고가 이루어진 듯하다. 마치 처음부터 한국어로 쓴 작품처럼 느껴질 만큼 문장 하나하나가 아름답고 깊다.

주인공 브라이드의 엄마 스위트니스는 이제 성공한 커리어우먼으로 성장한 자신의 딸을 자랑스러워한다. 엄마가 성장한 딸을 자랑스러워하는 것이 대체 무슨 이야기가 될까 싶긴 하지만, 역시 토니 모리슨이다. 엄마와 딸이라는 그 지극히 단순하고 명료한 관계, 그 얇은 간극 사이에 엄청난 인간의 서사를 펼쳐 놓는다.

1990년대, 피부색이 유독 밝은 어느 흑인 여성에게서 룰라 앤이라는 이름의 여자아이가 태어난다. 그런데 아주 새카만 피부다. 아이 피부색을 보고 엄마는 경악한다. 남편은 아내가 바람을 피웠다고 의심하며 결국 집을 나가 버린다. 엄마는 자신에게 불행을 안겨준 딸에게 정을 줄 수가 없다. 심지어 자신을 엄마라고 부르지도 못하게 한다. 이런 정신적 학대 속에서 룰라 앤은 엄마가 자신을 손바닥으로 때려주길 기도할 만큼 사랑에 굶주린 채 성장한다. 그러다 여덟 살 때, 아이는 백

인 여성을 아동 성추행범으로 무고한다. 단지 엄마의 관심과 인정을 얻기 위해 한 사람 인생을 나락으로 떨어트린 것이다.

세월이 지나고 룰라 앤은 성인이 된다. 그녀는 자신의 비참한 과거를 지워 버리려는 듯 이름을 '브라이드'로 바꾼다. 그리고 화장품회사에서 성공적인 커리어를 쌓는다.

이 소설에서 가장 흥미로운 모티브 중 하나는, 주인공 브라이드가 자신의 피부색에 대한 인식을 극적으로 바꾸는 지점이다. 성인이 된 브라이드는 자신의 흑단처럼 검은 피부가 굉장한 매력으로 작용할 수 있음을 깨닫는다. 엄청난 열등감을 선사했던 피부색이 미모에 대한 자의식으로 전환된 것이다. 이 내면적 인식 전환은 그 자체로 굉장한 드라마다. 브라이드의 인식 전환은 도미노처럼 엄마의 인식도 무너뜨린다. 현대판 '미운 오리 새끼'라고도 할 수 있는 이 단순한 이야기에 토니 모리슨은 현대인들이 가진 온갖 욕망의 초상들을 만화경처럼 비춘다. 마법 같은 글솜씨라고밖에 표현할 길이 없다.

어릴 때 기억은 절대 잊지 않는다. 그 기억 조각들이 모여서 어른이 된다. 내 경우는 크레파스다. 부모님으로부터 크레파스를 처음 선물 받았던 날의 그 기분과 느낌을 한순간도 잊은 적이 없다. 지금도 붓을 잡을 때마다 그날의 기억을 온몸으로 고스란히 느낀다. 인간에 대한 근원적인 신뢰감, 그 어떤 어려움 속에서도 잃지 않았던 세계에 대한 낙관, 그리고 무엇보다 사랑. 내 인생의 가장 중요한 가치라고 여기는 모든 것들의 시작은 바로 '크레파스'다. 크레파스는 내 황홀한 사

성장의 기억

65.1x53cm Oil on Canvas 2018

랑, 그 최초의 기억이다.

『하느님 이 아이를 도우소서』 마지막 페이지를 덮자마자 벅찬 감상을 빨리 화폭에 옮기고 싶어 곧바로 붓을 들었다. 현재의 나를 만들어 낸 '성장을 위한 풍경'을 떠올렸다. 그러자 형태보다 먼저 색깔의 조각들이 머릿속에 가득 차올랐다. 색의 조각들로만 이루어진 기이하고도 아름다운 풍경. 그리고 어린 시절 기억의 조각들이 어른을 만드는 형상.

'키운다'는 것은 과연 무엇일까? 곁에 두고, 보호하며, 성장을 지켜보는 것을 의미하는가? 만일 키운다는 것의 정의가 그렇다면 어른만이 아이를 키우는 것은 아닐지도 모른다. 어른 역시 아이의 성장을 통해 다시 성장한다. 아이도 어른을 키우는 것이다. 나는 손에 든 붓으로 이것을 표현해 보고 싶었다.

절대로 잊지 않는 아이들을 위해 우리는 무엇을 할 것인가? 나는 그림을 그리면서 간절히 소망했다. 아름다움을 견디지 못하는 사람들이 만드는 세상. 더 이상 우리 아이들이 그런 악하고 추한 세상에 던져지도록 놔두어서는 안 된다고 생각했다.

아름다움은 단순한 느낌이 아니라 분명한 가치다. 아이들에게 이것을 기억하게 만드는 것은 어쩌면 세상을 구원하는 일일지도 모른다.

나를 열고
들어갈 열쇠

데미안
_헤르만 헤세

"우리 각자에게 주어진 진정한 소명이란 오직 자기 자신에게로 가는 것, 그것뿐이다."

독일의 대문호 헤르만 헤세의 『데미안』이 출간된 지 100주년이 지났다. 1919년 헤르만 헤세는 '에밀 싱클레어'라는 필명으로 『데미안』을 발표한다. 혼란과 방황의 '알(세계)'을 깨고 '너 자신만의 길을 가라'고 했던 메시지. 이것은 마치 영원히 끝나지 않을 메아리처럼 느껴진다. 이 세상에 던져진 후, 보아야 할 것들에 대한 호기심과 가야 할 길에 대한 갈망이 우리 안에서 계속되도록 말이다.

이 아름답고도 충격적인 작품 『데미안』은 100년 전부터 우리 곁에 있었고, 우리는 보석상자를 열듯 책장을 넘겼다. 융은 『데미안』을 "폭풍우 치는 밤 등대의 불빛"이라고 했다. 그렇다. 그 불빛을 향해 가다 보면, 누구라도 반드시 자신 안의 보물을 찾을 것이다.

"새는 힘겹게 투쟁해 알에서 나온다. 알은 세계다. 태어나려는 자는 한 세계를 깨뜨려야 한다. 새는 신에게로 날아간다. 그 신의 이름은 아프락사스다."

에밀 싱클레어가 거대한 알에서 나오는 듯한 새를 그려서 데미안에게 보낸 뒤 그로부터 받은 답장 내용이다. '아프락사스'는 신이면서 동시에 악마다. 삶과 죽음, 축복과 저주, 참과 거짓, 선과 악, 빛과 어둠 같은 양극적인 것들을 포괄하는 신성이다.

나도 싱클레어 같은 청소년기가 있었다. 잘 웃기도 했지만 '나는 무엇인가?', '나는 왜 사는가?' 같은 질문으로 가득한 시절이었다. 이런 것은 어른들에게 물어볼 수도 없었다. 물어봐야 돌아올 대답이 실망스러울 것이라는 정도는 짐작할 때였으니깐. 그 당시 나에게 데미안 같은 통찰력과 영리함이 있었다면, 혹은 데미안 같은 친구라도 있었다면 어땠을까. 그 시절의 내가 아프락사스를 알았더라면, 내 인생은 어떤 식으로든 지금과는 다르지 않았을까. 때로 깨달음은 이렇게 후회나 고통 같은 느낌으로 다가온다.

나는 『데미안』을 읽던 며칠 사이 꿈을 꾸었다. 어딘가를 바라보는

데미안

100×80.5cm Oil on Canvas 2019

어린 소년이 보였는데, 내 아들의 형상은 아니었다. 알 수 없는, 그냥 '소년'이었다. 데미안과 싱클레어가 모두 소년이다 보니, 내가 나를 소년으로 떠올렸을 수도 있다. 꿈속의 소년은 탄생 전부터 운명처럼 그려져 있었다(고 꿈속의 나는 믿는다). 비밀스럽게 열려 있는 문은 물론 자신으로 향하는 문이다. 그와 함께 원래부터 있었던 문. 그 문 안으로 들어가면 무엇이 있는지는 아무도 알 수 없다. 나는 눈을 뜨자마자 그것을 그렸다. 꿈속의 형상이 지워지기 전에 그리기 위해 재빨리 붓을 놀렸다.

싱클레어는 전쟁에서 부상을 당하고 누워 있을 때 데미안을 다시 만난다. 데미안은 싱클레어에게 자신이 필요해 부르고 싶으면, '싱클레어, 너 자신의 내면에 귀를 기울여야 한다'고 말한다. 싱클레어는 깨닫는다. 고통 속에서도 이따금 열쇠를 찾아내 자기 자신 안으로 완전히 내려가면, 그곳 어두운 거울에는 운명들이 잠들어 있고, 그럼 자신은 검은 거울 위로 그냥 몸을 숙여 자신의 모습을 바라보기만 하면 된다는 것을. 꿈속의 '데미안'을 그리면서, 나 역시 나를 열고 들어갈 열쇠를 찾았다.

이제 나는 내 그림 속에서 무심히 열려 있는 문 안쪽으로 걸어 들어가 검은 거울을 마주하고 있다. 빛과 기쁨이 위치라면, 어둠과 고통은 방향이다. 고통은 어떤 식으로든 인간을 반응하게 만들고, 결국은 걷게 만든다. 벗어나고 싶어지니 말이다. 그리하여 우리는 계속 성장한다. 자신을 비추는 거울을 마주할 용기가 남아 있는 한.

대답보다
훨씬 중요한 질문

공부란 무엇인가
_김영민

"공부는 왜 해야 해요?"

이제 막 아홉 살이 된 아들이 나에게 묻는다. 하마터면 "훌륭한 사람이 돼야……"라는 말이 입 밖으로 튀어나올 뻔했다. 난 대체 언제 이런 말을 머리에 박아 놓은 걸까? 어린 시절 나는 '열심히 공부하면 훌륭한 사람이 될 수 있다'고 정말 믿었단 말인가. 믿지도 않으면서 왜 되묻지도 않았을까.

호기심 많은 내 아들은 "훌륭한 사람은 어떤 사람인데요?"라고 내게 잇달아 물었다. 아들의 얼굴을 보며 생각했다. '정말이지 공부는 왜 하는 걸까?' 어느새 아들의 질문은 내 질문이 됐다. 그러고 보니 성인이 되면서 질문을 안 한 지 오래됐다.

'나는 왜 일을 하는가?', '나는 왜 열심히 그림을 그리는가?', '나는 왜 사는가?……. 해답보다는 질문 그 자체가 중요한 물음들이다. 생각이 여기에 미치자, 아들에게 들려줄 대답을 겨우 찾아냈다. "공부를 왜 해야 하는지, 엄마도 아직 그 답을 찾고 있어. 세상에는 아주아주 오랫동안 물어야 할 질문들이 있어. 대답보다 훨씬 중요한 질문들 말이야."

그러자 아들이 다시 묻는다. "대답보다 훨씬 중요한 질문?" 나는 대답했다.

"엄마는 너를 왜 사랑할까? 바로 이런 질문 말이야."

"그런 건 누구에게 물어봐야 하나요?"

"대답보다 훨씬 중요한 질문은 남에게 묻는 게 아니야. 그건 자신에게만 물어볼 수 있지."

이날 아들이 어디까지 이해했을지 모르겠다. 상관없다. 언젠가는 아들도 알게 될 테니깐.

김영민 교수의 에세이 『공부란 무엇인가』는 좋은 질문이 좋은 대답을 만들 수 있음을 보여준다. 화가랍시고 평생을 모색하고 열심히 노력했다고 생각했는데, 이 책을 통해 한마디로 '견지망월見指忘月', 달을 가리키는 손가락 끝만 열심히 노려봤던 나 자신을 본 느낌이었다.

이 책은 공부에 대한 생각들을 총체적으로 성찰하도록 이끈다. 김영민 교수는 '공부의 본질'에 대한 사유를 펼쳐 놓는다. 그의 생각 하나하나에 연신 무릎을 친다. 어딘지 모르게 살짝 냉소적인 듯하면서도 유머러스한 문장이 가슴에 착착 감긴다. 가령 김영민 교수의 이런 말들은 정말 인상적이다.

"우리는 모두 평생 숨을 쉬며 살아왔지요. 그래서 호흡의 달인이 됐나요? 대충 숨 쉬며 산다고 해서 호흡의 달인이 되지는 않습니다. 공부도 마찬가지입니다. 공부하는 중에 한없이 편하다는 느낌이 들면, 뭔가 잘못하고 있을 공산이 큽니다."

이렇게 편안하고 간단하게 깨달음을 주다니. 별 의문을 품지 않고 당연히 여겼던 것을 뒤집어 보게 한다. 공부는 통찰과 분석에 대한 과정이다. 미지를 탐험하는 여행처럼 경험하지 못한 세계로 뛰어드는 것이 공부다. 책을 읽으며 따로 적어두고 싶은 문장들이 많았는데, 읽다 보니 그런 문장이 너무 많아서 그냥 책을 침대 머리맡에 두고 거듭 읽기로 했다. 이건 간밤에 다시 읽은 문장이다.

"여러 경험과 생각이 쌓여서 하나의 성채를 이루고 나면, 그 성 내

나의 성채 구상도

53.5×45.5cm Oil on Canvas 2020

에는 일정한 온실효과가 발생하여, 이런저런 입체적인 잡생각이 추가로 생겨난다. 여기서 한 걸음 더 나아가 일견 별로 관계없어 보이는 생각과 경험들을 연결하기 위해서는 용기라는 덕목이 필요하다."

저자는 공부할 때 모범생의 자세만으로는 부족하니 창의력을 길러야 한다고 조언한다. 창의력이야말로 알약을 먹는다고, 혹은 시키는 대로 한다고 생기는 역량이 아니다. 대신 '여러 가지 잡다한 생각을 해야 한다'고 알려준다.

항상 창의력에 목말라 하는 화가로서 나는, 무엇보다 '성채'라는 단어에 강한 영감을 받았다. 나름 잡다한 생각을 하는 것에는 자신 있었지만, 그것들을 성채로 만들 생각은 놓치고 있었다. 성을 쌓을 벽돌을 열심히 만들면서도, 막상 그 성채를 어디에다 어떤 모양으로 지을지는 생각해 보지 않았다. 나에게 '공부'라는 것이 왜 필요한지, 이 책은 걸음마를 배우는, 그 첫 심정을 다시 느끼게 해주었다.

김영민 교수는 생각이 부족하면 새로운 경험으로 여행과 독서가 도움이 된다고 말한다. 지극히 공감한다. 나 역시 5년째 책을 읽으면서 그림과 글쓰기 작업을 함께 해 보고 있다. 책으로부터 받은 영감은 매번 다른 구상으로 이어지며 내 성채의 각 부분들에 차곡차곡 쌓이고 있다. 책을 읽으며 '잡다한 생각'이 훨씬 더 많아졌다. 이 세상을 2D로 느낄 것인지, 3D 혹은 4D로 느낄 것인지, 그 선택은 우리에게 그렇게 멀리 있는 것이 아니다.

　이번엔 언제나 그리던 하얀 캔버스가 아니라 검은 캔버스에 그렸다. 그곳에 불빛이 하나씩 켜지듯 '나의 성채 구상도'를 표현했다. 누군가 "그림을 왜 그리는가?" 물어본다면, 지금의 나로선 '나의 성채를 만들기 위해'라고 대답할 것이다.

둘만 마주하는
세계

침묵의 책
_세라 메이틀런드

"나는 침묵이 신일지도 모른다고 생각하기 시작했다."

영국의 소설가이자 논픽션 작가 세라 메이틀런드의 에세이 『침묵의 책』은 끝 간데 없는 밀도로, 오직 침묵을 향해 몰입해 들어간 작가의 지적 여정을 담고 있다.

세라 메이틀런드가 스물여덟 살 되던 해에 발표한 『예루살렘의 딸』은 영국 최초의 '페미니스트 소설'로 인정받았다. 그녀는 이 작품으로 '서머싯 몸 문학상'을 받았다. 유명 작가이기는 했지만, 그 외에는 평범한 삶이었다. 결혼을 했고, 아이를 낳았으며, 큰 굴곡 없이 살았다. 하지만 40대가 되자 그녀 인생에 극적인 변화들이 찾아왔다.

1980년대 영국의 천박하고도 비정한 대처리즘을 지켜보며 지성인으로서 비참함을 느꼈고, 여성혐오주의 우파가 된 앵글로 가톨릭주의에 대해 페미니스트로서 염증을 느꼈다. 그녀는 더 이상 글을 쓸 수 없었고, 신경이 쇠약해진 탓에 환청에 시달리기까지 한다. 이혼과 성장한 아들의 독립을 계기로 그녀는 난생처음 혼자가 된다. 그렇게 침묵은 불현듯 찾아왔지만, 그녀는 곧 침묵 속에 스스로 침잠해 들어간다.

이 책을 읽으며 세라 메이틀런드가 침묵이라는 세계의 싯다르타 같다고 생각했다. 그녀가 향한 '침묵으로의 몰입'은 마치 깨달음을 향한 구도처럼 보였다. 나는 침묵에 관한 그녀의 통찰에 즉각적으로 반응하기 시작했다. 우선 침묵의 자발성에 관한 이야기가 흥미로웠다. 비자발적인 침묵은 사람을 미치게 할 수도 있지만, 자발적인 침묵은 구도일 수 있다는 이야기였다.

내 아프리카에서의 시간 역시 그랬다. 뜻하지 않게 맞닥뜨린 침묵. 그 지독한 고독 속에서 내가 미칠 수도 있겠다는 생각이 들었다. 더 이상 버틸 수가 없는 지경이 됐을 무렵, 침묵을 통해 이야기하는 법을 배웠다. 거기서부터는 '내가 선택한 침묵'이었다. 세라 메이틀런드처럼 침묵 속에서 '나 자신을 마주했다'. 그런 뒤 나, 그리고 신과 대화했다.

침묵은 둘만 남는 세계다. 아직도 내 삶의 여정에서 그렇게 벼락처럼 만났던 침묵의 시간을 감사하고 기뻐하며 살아간다. 지금까지 내 그

침묵의 소리

65.1×53cm Oil on Canvas 2016

림들은 모두 그 침묵으로부터 나왔다. 침묵은 나를 독립적 주체가 되게 했고, 결국 예술가로 만들었다. 침묵은 나의 용광로였다.

세라 메이틀런드가 형언할 수 없는 침묵을 형언해 기록한 것처럼, 나는 보이지 않는 침묵을 그려보고 싶었다. 아프리카의 꿈틀거리는 생명력을 우선 그려 넣었다. 그리고 그 모든 것을 침묵의 색으로 뒤덮었다. 스스로를 채웠다가 비우는 것처럼, 그렸다가 지우기를 반복했다. 어둠 속에서 나타났다가 사라지기도 하는, 환청 같은 소리나 환영 같은 빛을 추상적으로 형상화해 본다. 화면에 등장하는 모든 것이 침묵 그 자체다. 나무와 풀들의 모습은 완전한 침묵을 맞이하자 비로소 빛을 만든다. 우리가 누리는 이 생명의 화려하고 역동적인 색감은 오직 침묵만이 잉태할 수 있었던 것이라고 이야기하고 싶었다.

나는 마지막 붓질을 통해 빛을 점으로 그려 넣었다. 스스로 침묵을 선택해 본 사람이라면 이해할 수 있다. 침묵의 시작은 굉장히 크고 복잡하다. 하지만 침묵은 무한대로 작아지려는 방향이자 운동이 된다. 그렇다. 침묵은 점과 같다. 점이 돼 간다는 것은 면적으로서의 의미가 소멸해 가다가 결국 위치만을 알려주는 그 무언가가 되는 것이 아니던가. 생명이 그렇듯.

지금의 나는 내 생명의 위치를 생각한다. 그곳이 결코 천박한 탐욕의 세계 따위가 아니기를 바라며.

혼자가 아니야,
내 고독이 있으니

외로운 도시
_올리비아 랭

　『외로운 도시』는 영국 출신 문학·예술 비평가 올리비아 랭이 쓴 책이다. 그녀는 30대에 사랑을 좇아 낯선 도시 뉴욕으로 이주한다. 하지만 실연을 당하고 극도의 외로움과 고독감에 휩싸인다.

　이 책은 저자가 스스로의 외로움에 대한 탐구를 시작하면서부터 만난 시각예술에 관한 이야기를 담고 있다. 저자는 혼자가 된다는 것의 의미부터 시작해 외로움이 무엇을 만들어 낼 수 있는지를 사유하면서, 고독을 온몸으로 끌어안거나 고독에 치열하게 저항한 예술가들에게 시선을 던진다. 그러고는 그들의 삶과 내면으로 치밀하게 파고들어 간다. 『외로운 도시』는 바로 그 이야기를 들려준다.

　그녀는 일체감을 회복해 주는 미술 작품들을 보면서 '연결'을 느낀다. 올리비아 랭은 고독과 갈망은 결코 실패일 수 없으며, 그것은 오히려 우리가 여전히 살아있음을 의미한다고 말한다. 단순하지만 명료하다. 나는 이 말에 전적으로 동의한다. "고통은 신의 메가폰"이라고 말했던 C. S. 루이스의 말도 떠오른다. 그렇다. 어쩌면 예술가들은 '고귀한 희생양'과 같다. 그들의 고립과 고독과 고통이 시공을 넘어와 지금 여기의 나를 치유하기 때문이다.

『외로운 도시』의 첫 장을 넘기면 성경 구절이 여백 중앙에 적혀 있다.

"그리고 우리는 모두 한 몸이 된다."(로마서 12:5)

처음에는 무심코 지나쳤던 이 문장을 책을 읽는 동안 몇 번이고 다시 읽었다. 나는 생각이 흘러가는 대로 내버려 두었다. '예수'의 모습이 중첩된다. 희생양의 상징. 역사상 가장 고독했을 인간. 그는 고독을 통해 신의 아들임을 입증했다. 마음속 어디선가 내 고독의 파편 한 조각이 날아와 융합을 시도한다.

십자가에서 내려져 어머니 마리아에게 안겨 있는 예수. 나는 빠르게 그 윤곽만 스케치했다. 그러고 나서 예수와 마리아 그리고 사람들에게 붕대를 붙였다. 붕대는 서로 떨어진 것을 붙이고 연결하는 행위를, 그리고 무엇보다 치유의 희망을 상징한다. 아이를 안고 부유하는 형상들에게도 붕대를 붙였다. 붕대로 서로를 감싸고 치유하고 연결

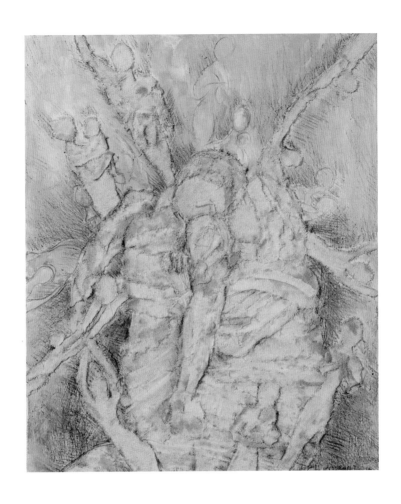

그리고 하나가 되다

53x65cm Mixed Media on Canvas 2017

하는 행위에서 자유로움과 일체감을 동시에 느꼈다. 다 붙이고 멀리서 보니 그들은 나무에서 가지가 돋는 것처럼 서로 '연결'됐다. 다시 '한 몸'이 되고 싶은 것이다.

올리비아 랭은 "작품들은 고독 속에서 만들어졌지만, 고독을 다시 구원하는 것들"이라고 말한다. 그렇다. 고독에 저항한 예술가들은 결국 그들의 세계에서 고독을 끌어안는다. 그렇게 작품을 창작했다.『외로운 도시』는 고독이 결코 '부끄러운 친구'가 아니라는 것을 나에게 가르쳐 주었다.

조르주 무스타키가 부른 'Ma Solitude'(나의 고독)를 오디오에 얹었다. 'Non, je ne suis jamais seul. Avec ma sokitude~'(아니, 나는 혼자가 아니야. 내 고독이 있으니~).『외로운 도시』를 읽으면서, 꼭 함께 들어보기를 권한다.

정답은
없어야 한다

다른 생각의 탄생
_장동석

"결국 읽는다는 행위는 내밀한 자기와의 대화이며, 오롯이 혼자만의 황홀경으로 들어가는 참 좁은 길입니다."

때로는 단 한 문장 때문에 며칠씩 공들여 책을 읽는다. 출판평론가 장동석 선생의 『다른 생각의 탄생』을 읽을 때도 그랬다. '혼자만의 황홀경'이라는 말에 나는 즉각 반응했다. 가슴이 뛰었다. 그는 읽는다는 것에 대해 이렇게 표현했다. "인간을 인간되게 하는, 인간의 본성이자 사람됨을 증명하는 중요한 삶의 방식이 바로 읽는 행위"라고. 어쩌면 '읽는다'는 것과 '오르가슴'은 가장 닮은 감각일지 모른다. 두 가지 감각 모두, 지금 여기 내가 살아 있음을 온몸으로 실감하게 만든다.

『다른 생각의 탄생』은 고전부터 최근에 나온 책들까지 저자가 자신만의 방식으로 읽어 온 기록들을 모은 책이다. 책은 주제에 따라 크게 3개의 장으로 구성돼 있다. 첫 장부터 마음을 사로잡는다. 여기에서 키워드는 '읽기, 공부, 예술, 여행, 그리고 모험'이다. 저자는 인간이 문자를 발명한 후 세상에 나온 거의 모든 책들은 대개 이들 다섯 가지 범주 안에 넣을 수 있다고 말한다. 그리고 이 다섯 가지가 '나를 다르게 만드는 것들'이라고 한다.

'대체 책을 얼마나 많이 읽으면 저렇게 범주를 가늠할 수 있을까?' 나는 『다른 생각의 탄생』을 읽는 내내 아뜩했다. 마치 우주를 유영하는 듯한 느낌이 들었다. 그의 표현대로 '오롯이 혼자만의 황홀경'에 수시로 드나들었다. 『다른 생각의 탄생』을 그리고 싶어졌다.

그가 특별한 의미를 부여하고 있는 '쓰고, 읽는다는 행위'를 '그리고, 본다는 행위'로 한번 바꿔보고 싶었다. 인간에게 있어 가장 이성적이고 논리적인 행위를 가장 직관적이고 감성적인 행위로 바꾸면 어떤 일이 일어날지 궁금했다. "책은 모든 사람의 비밀스러운 내면으로 걸어 들어가는 유일무이한 통로." 저자가 쓴 문장이다. 나는 이 문장을 잡아챘다. 책을 쓰고 읽는다는 것과 그림을 그리고 본다는 것이 인간에게 본질적으로 같은 행위라는 것을 깨닫게 만든 문장이다.

내 앞에 놓인 캔버스가 마치 거울처럼 느껴진다. 내 마음을 비추는 거울. 아직은 제대로 비춰지는지는 확신할 수 없다. 그림을 그리면서

꿈의 놀이

45.5x53cm Oil on Canvas 2017

황홀경에 들어가기란 쉽지 않아서 나는 아주 좁은 통로를 비집고 들어가야 한다. 붓을 들고 거울에 흐릿하게 비춰진 나 자신과 내밀한 대화를 시작한다. 동트기 직전 새벽에 봤던 색이 우선 떠오른다. 이 시간을 사랑하기에 늘 이 시간에 그림을 그린다. 창을 열고 하늘을 올려다본다. 별들은 밤새도록 온 우주를 밝히며 놀았다.

그러나 이제 여명의 시간이 왔다. 아직 남은 별들은 아쉬운 듯 마지막 빛을 내며 간밤의 축제를 기억한다. 이 순간을 포착해 별들에게 선물하고 싶었다. 얼른 붓을 들어 별들을 향해 하늘로 날아가는 나비와 집을 그린다. 나비는 나의 '자아'일 것이 분명하다. 그림 아래 지평선 끝 새하얀 빙하처럼 보이는 것은 '책들'이거나, 그 어떤 것일 수도 있다.

책처럼 그림에도 정답은 없다. 물론 그렇다. 정답은 없어야 한다. 없다는 것은 틀렸다는 것이 아니다. 인간의 모든 사유는 정답이 없는 것으로부터 시작된다. 정답이라는 것을 가지고 시작하는 모든 사유는 틀림없이 틀린다. 그런 사유는 없다.

『다른 생각의 탄생』에 등장하는 책 중에 『아름다운 지상의 책 한 권』이 있다. 이 책을 쓴 이광주 교수는 "한 권의 책을 통해 일탈을 음모하고 꿈의 놀이를 경험한다"고 말했다. 내가 '서평을 그리는 놀이'를 시작한 것도 비밀스러운 일탈의 음모였고 꿈이었다.

글을 쓰는 사람과 독자, 그림을 그리는 것과 감상자 사이에는 묘한 마법의 길이 있다. 프랑스 작가 샤를 단치는 『왜 책을 읽는가』에서 이렇게 쓰고 있다.

"우리는 책에 조언을 부탁하는 대신 책 속의 보물을 훔쳐내야 한다."

이 문장이 나에게 알리바바의 용기를 준다. 구텐베르크의 은하계가 펼쳐질 커다란 문 앞에서 나는 붓 한 자루 들고 서서는 큰소리로 외친다.

"열려라, 참깨!"

2.

여전히
삶은 계속되고

생의 마지막 순간까지
'춤추는 심장'으로
사는 것.
그것이야말로
나의 운명이다.

늙음을
즐길 수 있을까

100세까지의 독서술
_쓰노 가이타로

"쌤통이다. 이런 독서, 젊은이들은 절대 못 할걸."

일흔을 넘긴 평론가 쓰노 가이타로는 『100세까지의 독서술』에서 노년의 독서 이야기를 펼치고 있다. 저자는 70대에 접어든 후 지인과의 약속을 몇 번씩이나 거듭 잊어버린다든지, 발이 걸릴 데도 없는 곳에서 넘어진다든지 하는, 그런 사태가 자신에게 빈번하게 발생하는 것을 보며 자신이 늙었음을 깨닫는다. 보통 사람이라면 늙음을 한탄하거나, 노화를 늦추기 위한 신체단련을 계획해 보거나, 대충 이 둘 중 하나를 선택할 것이다.

이 책을 쓴 사람은 그런 보통의 노인이 아니었다. 어린이 드라마에 등장하는 괴짜 과학자처럼 그는 자신의 노화를 '수수께끼 같은 현상'이라며 재미있게 관찰한다. 저자는 이 책에서 '늙음'이라는 것을 시종 유머러스하고 긍정적으로 대한다. 한편으론 잡지사 편집장 출신으로 평생 책을 읽어 왔던 자신의 경험을 이야기하면서, 젊은이들로서는 결코 느낄 수 없는 노년의 독서가 선사하는 특별한 맛과 멋에 대해 자랑하듯 들려준다.

책을 읽다 보면 절로 웃음이 터지다가도 가슴 한편으로 애잔함 비슷한 감동이 함께 밀려온다. 친구의 부고를 받고 그가 살던 작은 셋집으로 달려가 보니, 책더미 사이에 책으로 쌓은 침대 위에 친구가 눈을 감고 누워 있다. 그 모습을 보고 돌아 나오며, 그는 '친구처럼 책에 파묻혀 죽고 싶지는 않다'고 생각한다. 그러면서 자신의 장서들을 정리한다. 나이 든 사람만이 할 수 있는 진한 농담 같은 이야기들. 이 농담들에는 우리 삶을 되돌아보게 만드는 힘이 있다.

저자는 소년기 시절엔 책을 읽고 싶어도 읽을 수 없었다고 한다. 전쟁 때문에 다들 가난했고 책을 사서 볼만한 형편도 아니었다는 것이다. 그래서 조금이라도 재미있어 보이는 책을 발견하기라도 하면, 그게 어른용이든 뭐든 닥치는 대로 다 읽었단다. 그 당시 책 속에서 펼쳐진 상상의 세계를 저자는 일흔을 넘겨 같은 책을 찾아 읽으며 다시 탐험한다.

70년의 시간을 넘나드는 독서라니! 이 역시 나이가 들지 않으면 결코 해볼 수 없는 경험이다. 이런 이야기를 듣다 보면 늙음은 실패가 아니며, 결코 나쁜 것이 아님을 깨닫는다. 그래서 이 책을 읽다 보면 '나이 좀 빨리 먹고 어른이 되고 싶다'고 염원했던 사춘기의 심정이랄까, 어느덧 나는 그렇게 천진난만해진다.

한도 끝도 없는 독서편력을 이어가는 이 책에는 수많은 책에 관한 이야기가 등장한다. 한 권 한 권 그 책들의 핵심을 발라내는 솜씨도 일품이다. 일본 작가 아카세가와 겐페이는 『노인력』에서 노인이 지닐 수 있는 통찰력이나 지혜, 유연함, 느림의 미학을 '노인력'이라는 단어로 표현했다. 그는 또 노인이 돼 가는 '발견'들이 새로운 미지의 영역에 발을 들여놓는 것이기 때문에 "흥이 나는 경험"이라고 말했다.

저자가 자신이 읽은 책에 그어놓은 밑줄들은 고스란히 내 인생의 밑줄이 된다. 저자가 인용하고 있는 쓰루미 순스케의 「삶의 방식으로서의 늙음」과 같은 글은, 아직 늙어 보지 못한 나에게 미지의 세계를 펼쳐 보여준다. 이 대목은 '과연 늙음을 즐길 수 있을까?'라는 내 질문에 대한 가장 명쾌한 대답이기도 했다.

"타인을 자신의 권력에 굴복시키는 힘을 가지지 못하게 됐음을 자각할 때, 자신 앞에 펼쳐지는 자유의 세계다. 그것은 생명력이 약해져서, 생명이 없는 존재와 자신을 거의 동일하게 볼 수 있게 되는 지점에서 펼쳐지는 풍경이리라."

이것은 '명문'이라기보다는 '경지'다. '생명이 없는 존재의 존재감'이라니! 소멸한 생명까지 체험하는 존재가 사는 세계. 과연 이것을 그림으로 표현해낼 수 있을까. 문득 내 표현의 욕망 그 자체가 모순이라는 생각이 들었다. 나는 곧 무엇을 그리려는 생각을 거뒀다. 그러고는 늙음마저 즐거운 탐험으로 이해하는 저 마음의 깊이를 가늠해 보고자 생각을 집중했다.

이번에는 수채물감을 선택했다. 당연한 선택이었다. 사람이 물을 만나면 하게 되는 최초의 생각이 바로 깊이가 아니던가. 나는 물의 흐름을 그리기로 했다. 아니 흘려보기로 마음먹었다. '물 드로잉'이다. 물을 잔뜩 머금은 붓에 수채화 물감을 찍어 종이 위에 흘렸다. 물감 방울이 아래로 흐른다. 종이를 이리저리 돌리니 물이 알아서 자연스럽게 스케치를 한다. 달리기하듯이 서로 흘러 내려오는 색색의 물방울들은 쉼 없이 달려가는 온갖 인생들처럼 보인다.

종이를 돌려 또 다른 인생들을 흘려본다. 색 물방울들이 교차하며 형태를 만든다. 보통 수채화를 그리다가 영역 바깥으로 물감이 흐르면 그것을 수습한다. 이번엔 수정이나 삭제의 대상들이 주인공이다. 흘러넘쳐 스케치 영역 내로 가두어지지 않는 선들, 화폭 바깥으로 흘러넘쳐 이제 눈으로는 볼 수 없게 된 색들의 존재감. 이렇게 '생명이 없는 존재의 존재감'을 그릴 수 있었다. 그러자 놀랍게도 쓰루미 순스케가 말한 자유의 세계가 눈앞에 펼쳐졌다.

생명이 없는 존재의 존재감

43.9x32cm Water Color on Paper 2018

물의 흔적이 그려낸 이 자유의 세계 위에 색을 입혀본다. 스승의 스케치 위에 제자로서 안심하고 색을 입혀보는 기분이다. 곧 추상적인 윤곽이 드러나고, 나는 그것이 미지의 세계처럼 느껴진다. 그렇다. 이 세계가 나의 100세다.

계획대로 안되면
실패일까

소년이로
_편혜영

"절대 실패하지 않는 계획이 뭔 줄 아니? 무계획이야, 무계획, 노 플랜. 왜냐? 계획을 하면 반드시 계획대로 안되거든, 인생이. (…) 그러니깐 계획이 없어야 돼, 사람은. 계획이 없으니깐 뭐가 잘못될 일도 없고, 또 애초부터 아무 계획이 없으니 뭐가 터져도 다 상관이 없는 거야."

영화 〈기생충〉에서 반지하 방에 사는 기택의 집이 폭우로 물에 잠겼다. 수재민이 된 그의 가족들은 체육관 바닥에 누워 잠을 청한다. 그때 아버지 기택이 아들에게 전하는 말이다. 기택은 가장으로서 온갖 직업을 전전하며 열심히 살았지만 계속 실패했고 가난을 면치 못한다.

'저 사람의 계획무상計劃無常은 통찰일까?' 순간 그의 자조적인 대사가 납득이 될 만하다고 여겨졌다. 심지어 그런 생각에 기대고 싶은 유혹마저 들었다.

며칠 동안이나 그 장면과 대사가 머리에서 떠나질 않았다. 생각할수록 슬픈 장면이었고, 나아가 끔찍했다. 실패에 익숙해진 기택의 모습은 마치 매질에 익숙해진 피학대 아동처럼 보였다. 그건 그렇다 치고, 나는 왜 잠시나마 기택의 개똥철학에 공감했을까? 나 역시 나도 모르는 사이에 세상의 매질에 적응하고 있었던 것은 아닐까?

그러던 중에 이런 생각이 들었다. 자신이 계획한 대로 이루어지면 성공이고, 그렇지 않으면 실패일까? 조금만 깊이 생각해 보면 그렇지 않다. 실패를 향해 가는 계획들이 있다. 범죄를 계획하는 것도 그렇고, 배신하지 말아야 하는 것을 배신하는 계획 따위도 그렇다. 또한 감각을 만족시키는 계획들은 대개 인간을 망가뜨린다. 마약처럼 말이다. 인간이 추구하는 것 중에는 자기 파괴적인 것들이 얼마나 많은가. 마약도 일종에 행복 중독이지 않는가. 맹목적으로 추구하는 행복이란 아주 위험한 것일 수도 있겠다는 생각이 든다.

편혜영의 소설집 『소년이로』(少年易老)에는 단편소설 여덟 편이 실려 있다. 저자는 이 소설집에 '우리들의 실패'라는 제목을 먼저 붙여 두었다고 한다. 하지만 우연에 미숙하고, 두려워서 모른 척하거나, 오직 잃은 것을 생각하는 사람들, 그렇게 아픈 사람들이 많은 소설이어서 실패라는 말을 나란히 두기 힘들었다고 한다. 물론 나와 같지는 않지만, 이 소설 속 인물들이 처한 상황은 지속적으로 내 안의 두려움을 건드렸다. 그들의 불안한 삶이 나의 삶이 되지 말라는 법이 없다는 생각도 들었다. 인생은 예측 불가니까.

『소년이로』에는 「개의 밤」이라는 단편이 있다. '지명'이라는 인물은 회사에서 사고를 당한 직원 유가족을 상대하는 보상업무 담당자다. 위신을 잔뜩 세운 이사와 보상업무에 관해 대화하던 중 지명이 "최선을 다하겠습니다"라고 대화를 끝내려고 하자, 이사가 못마땅한 표정으로 이렇게 대꾸한다. "결과를 보면 알겠죠, 최선을 다했는지 아닌지. 최선을 다한다는 게 과정인 줄 아는데, 그거 큰 착각입니다."

"모든 인간의 '결과'는 '죽음' 아닌가?" 소설 속 주인공 대신 내가 이사에게 내뱉은 대답이다. 결과만 중요하다는 소설 속 그의 말이 몹시 역겨웠다. 그것은 이미 죽은 자의 말처럼 들렸다. 생각해 보니 우리 주위에는 이런 시체 같은 말들이 참 많다. "인생 뭐 있어?", "사람 다 똑같아!", "다 먹고 살자고 하는 일이지" 따위 말들. 우리가 인생을 더 살아야 할 이유를 찾을 수 없도록 만드는 말들. 허무의 말들. 그래서 시체 같은 말들.

나는 『소년이로』를 그리기 시작했다. 삶이 복잡하고 힘들다면, 그것은 어둠일 듯하다. 어둠 속을 걸어가야 하는데 빛을 찾을 수 없다면,

어둠의 이유

27.2×22cm Oil on Canvas 2019

자신이 빛이 되는 수밖에 없다. 작은 캔버스에 어둠 속에서 빛을 밝히는 한 사람을 그렸다. 배경이 더 어두울수록 총천연색을 띤 사람이 더 밝아 보인다. 그 사람의 빛에 물들면서 주변이 조금씩 보인다.

이탈리아 유학 시절이었다. 당시 내 지도 교수는 과제를 많이 내주기로 유명했다. 과제 평가시간에 점수 욕심이 나서 교수와 함께 상의하면서 그린 작업 외에도 몇 개의 그림을 더 그렸다. 나는 의기양양했다. 그런데 칭찬은커녕 그 교수는 과제 외에 내가 더 그려간 그림은 쳐다보지도 않았다. 내가 이유를 묻자 이런 답이 돌아왔다. "과정이 무시된 결과는 가치가 없다." 지금 와서 생각해 보면, 그때가 '내가 진짜 화가가 된 순간'이 아니었을까 싶다.

계획은 내 삶의 과정을 치밀하고 견고하게 만들어 준다. 그러나 계획대로 되지 않는 것도 내 계획의 일부라고 생각할 수 있지 않을까. 망쳤다고 생각하는 캔버스 위에 그린 그림이 계획했던 것보다 더 잘 나올 때도 있었다. 이렇게 그림과 인생은 닮은 구석이 많다. 그림이 계획대로 잘되지 않으면 잠시 붓을 놓고 멀리 바라보면 그만이다.

새로운 판단과 계획을 세우는 것은 내가 아니라 나의 열망이다. 나는 내 열망의 도구이며 붓이다. 인생에 뭐 하나 쉬운 일은 없다. 배움이란 원래 그런 것이다. 하지만 어려워서 재미있고, 고통 때문에 의미도 만들 수 있는 것. 그것이 인생 아닌가.

단 하루도
쉽지 않았지만

살아요
_케리 이건

콩닥 콩닥 콩닥······.

내 인생에서 가장 기억에 남은 강렬한 생명의 소리. 의사는 미소
띤 표정으로 말했다.

"심장 소리 들리시죠? 임신 6주 차입니다."

6주 차면 태아 크기가 고작 0.5㎝ 정도라던데, 이 작은 생명체의 빠
른 심장박동 소리는 세상 그 어떤 음악보다 우렁차고 감동적이었다.
내 몸이 전혀 다르게 느껴졌다. 생명을 잉태한 신체는 신비로웠다. 임

신은 내가 세상에 태어나 한 일 가운데 가장 대견한 일이었다. 얼마 후 아이가 세상에 나왔다. 우주 같은 아이의 눈망울을 보면서 나는 말했다.

"아들아, 이제부터 너의 여행이 시작된 거야. 네가 이 넓은 세상 끝까지 맘껏 걷고 달리면 좋겠구나. 긴 여행을 견딜 수 있는 강인한 몸과 마음이 되도록 엄마가 도와줄게."

케리 이건의 『살아요』는 죽음을 앞둔 사람들이 삶의 끝에서 담담히 풀어놓은 깨달음을 담은 책이다. 저자는 호스피스 환자들의 정서적 안정을 돕는 채플런chaplain으로 일하며, 생의 마지막을 사는 사람들의 이야기를 듣는다.

저자는 오랫동안 우울증과 상실감에 빠져 살았다. 출산 시 투여한 진통제 부작용으로 환각과 망상, 정신분열, 자살 충동 같은 심각한 정신질환을 겪었다. 그러다 얼마 남지 않은 생을 정리하는 사람들이 들려준 이야기를 통해 희망을 발견했고, 살아있음의 의미를 찾았다. 책에 실린 열세 가지 이야기는 삶에 대한 깊은 통찰로 우리를 안내한다.

"이들은 눈을 감고 2차 대전 중 위문공연에서 췄던 춤, 해변 별장에서 추던 춤, 가로변 술집과 클럽과 헛간 등 몸과 음악이 있는 어떤 장소에서든 춤을 추며 보낸 멋진 밤에 대해 수백 가지 이야기를 들려주었다. 그들은 이렇게 말했다. '만약 지금 아는 것을 그때도 알았더라면, 나는 무조건 춤을 더 많이 췄을 거야.'"

죽음을 기다리는 사람들이 가장 많이 언급한 것은 바로 '자신의 몸에 관한 가장 좋은 기억'이었다고 한다. 하굣길에 과수원에서 몰래 따 먹은 사과 맛과 달아날 때 가슴과 다리에 느끼던 터질 듯한 감각, 맨몸에 닿은 물의 느낌, 아기 머리에서 맡은 냄새, 야외에서 사랑을 나눴을 때 맨살을 스치던 바람의 감촉……. 특히 그중에서 인간이 몸으로 할 수 있는 가장 즐거운 경험 중 하나, 춤에 대한 이야기를 하는 사람들이 많았다고 한다.

'심장의 기억.'

이 대목을 읽을 때 문득 떠오른 말이다. 인생을 살아오며 가장 좋았던 일들은 하나같이 나의 가슴을 두근거리게 만들지 않았던가. 어쩌면 인간은 잊을 것은 머리에, 남길 것은 가슴에 담는 것이 아닐까. 삶이 시작되고 끝날 때까지, 단 한 순간도 쉬지 않고 뛰는 심장. 그리하여 생명의 상징이 되는, 그 심장을 그리고 싶어졌다. 심장의 모습보다는 두근거림 그 자체를 화폭에 옮겨놓고 싶었다. 춤추는 심장.

붓을 들고 무중력 상태에서 자유롭게 춤을 추는 사람들을 그린다. 이 춤은 내 심장이 기억하는 아름다운 삶과 사랑이다. 그들이 모여 붉은 심장의 형상을 만든다. 열정적인 심장 박동을 생각하니 색을 더욱 붉게 칠하고 싶다. 그림을 그려놓고 바라보니 심장 모양이 생명의 시작인 씨앗 같기도 하고 떨어지는 꽃잎처럼 보이기도 한다. 삶과 죽음

심장의 기억

45.5x53cm Oil on Canvas 2017

의 이중적인 이미지가 심장의 윤곽으로부터 중첩돼 나온 것이다.

죽음은 생에 반하는 개념이 아니다. 단지 가장 마지막 시간에 배치돼 생을 완성하도록 만드는 것일 뿐. 그래서 죽음은 아주 특별한 생이다. 죽음이 없다면 인생은 아무런 의미가 없을 것이다.

화가는 더 이상 그릴 것이 없으면 붓을 놓는다. 그리고 붓을 놓는 순간이 그림의 완성이다. 『살아요』에 등장한, 생을 마무리하는 모습들이 내 눈에는 마지막 붓질을 끝내고 막 완성된 그림처럼 보인다. 내 그림을 바라본다. 이 순간에도 내 심장은 열심히 뛰고 있다. 이 심장이 하는 말에 귀 기울이는 삶을 살아야겠다고 마음먹는다.

"네가 사랑할 수 있는 운명을 창조하라."

니체의 말이 떠오른다. 생의 마지막 순간까지 '춤추는 심장'으로 사는 것. 그것이야말로 나의 운명이다.

'숨'의 기쁨,
우선 그것부터

숨
_모자

"살아 보자고 마음을 먹은 이후로도 그는 툭하면 옥상에 올라갔다 (…) 굳게 닫힌 철문의 손잡이를 돌려보다가 옥상에서 지켜보던 거리의 풍경만 떠올랐다. 그가 본 풍경은 오로지 아주 작은 삶의 조각들이었다. 평범한 사람들의 평범한 하루. 일상."

모자의 두 번째 책 『숨』에는 다양한 삶을 살고 있는 사람들이 등장한다. '모자'라는 필명으로 자신의 정체를 굳이 감춘 작가는 "평범한 사람들의 일상이 소설이 되길 바란다"며 문장의 정체는 굳이 밝힌다. 저자가 왜 필명으로 스스로를 가렸는지는 책을 읽다 보면 금방 이해할 수 있다.

이 책에서는 작가 스스로도 하나의 풍경이다. 그렇게 보이는 것들과 보는 자 모두가 풍경이 되니, 읽는 자는 그 둘 사이의 공간을 자유롭게 돌아다닐 수 있다. 종종 등장인물들의 숨소리가 고스란히 느껴질 만큼 가까이 다가간다 해도 상관이 없다. 그들은 우리를 보지 못한다. 우리의 시선은 이 책 속에서 카메라 앵글처럼 자유로운 것이다.

책의 마지막 이야기인 「옥상에서」 등장하는 '그'는 가난과 외로움 때문에 삶을 힘들어한다. '그'는 옥상으로 올라가 극단적인 생각을 해 보기도 한다. '그'는 옥상에서 평범한 사람들의 평범한 일상을 바라본다. 모두 '숨'을 쉬고 있다. '숨을 쉬며 살아있는 힘', 곧 목숨. 작가는 '그'가 스스로의 목숨을 느끼는 기막힌 순간을 포착한다. 이로써 '숨'은 우리 모두에게 가장 특별하고 더없이 소중한 무언가가 된다. 작가가 '숨'에 천착한 이유는 이렇게 책 마지막 페이지에서 확연하게 밝혀진다.

분명 내 것임에도 불구하고 도무지 대답해 줄 수 없는 질문들이 있다. "화가님은 무슨 색을 가장 좋아하세요?" 같은 것들. 색은 공간과 시간과 상황에 따라 그 가치가 달라진다. 색은 알 수 없는 것이다. 같은 빛깔을 동시에 보면서도 사람은 각자 전혀 다른 인식을 할 수 있다. 화가들이 살아있는 동안 끝없이 그림을 그리려는 이유 중에는 '아무리 그려도 알 수 없는 색'이라는 것도 있지 않을까.

아무튼, 나는 지금 안간힘을 쓰며 '숨의 색'을 떠올려 보고 있다.

당연히 숨 자체에는 색이 없다. 하지만 우리는 평생토록 자신의 숨에 자신만의 색을 넣고자 하지 않나. 누구나 한 번쯤은 경험해 봤을 지독한 인간들의 더러운 숨. 최소한 나는 그렇게 숨 쉬고 싶진 않다. 그렇다면 나는 어떤 색의 숨으로 이 삶을 살 것인가.

'숨'은 일상을 만들고 그 일상의 조각들이 '삶'이라는 태피스트리 (tapestry, 여러 가지 색실로 그림을 짜 넣은 직물)를 짠다. 『숨』의 저자가 풀어놓은 여러 인물들의 삶 속에는 상처받음, 아픔, 두려움, 아쉬움, 어두움, 사랑, 기쁨, 추억……. 수없이 많은 다양한 숨 조각들이 직조돼 있다.

캔버스를 앞에 두고 뭔가 직조해 보고 싶다는 생각이 들었다. 나는 얇고 하얀 면화를 선택했다. 이것이 인간 삶의 시작과 끝을 같이하는 소재이기 때문이다. 갓 태어나 처음으로 몸을 감싼 것, 기저귀, 평생을 깔고 덮은 이불보, 임종 후 몸을 닦는 천……. 모두 면화다.
약국에서 의료용 거즈를 잔뜩 사 왔다. 그것을 한동안 바라보다가 이윽고 캔버스에 이리저리 엮기 시작했다. 연약한 천을 끈처럼 만들어 엮었는데 제법 질기다. 일정한 규칙 없이 무의식적으로 엮고 묶다 보니 예상치 못한 모양이 생기기도 한다. 이로써 전혀 예상치 못했던 의미들이 생겨난다. 재미있다. 내가 작품을 만드는데, 작품이 나를 가르친다.

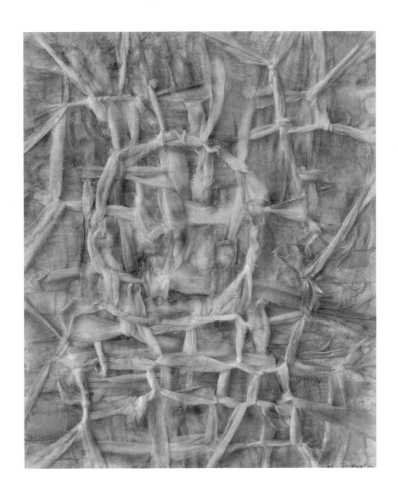

삶의 태피스트리

53×65㎝ Mixed Media on Canvas 2018

이번에는 그 위에 '숨의 색'을 칠한다. 순백의 거즈 위에 붓질을 하니 거즈의 올이 풀리기도 하고 해지기도 한다. 색이 변하고, 올이 풀리고, 구멍이 나고, 해지는 그 모든 과정이 마치 사람의 한평생 같다. 거친 붓질을 통해 그림이 돼 가는 것처럼, 우리는 주어진 이 숨으로 끝내 살아내야 한다. 이 작품을 만드는 과정에서 사람의 숨을 엮은 '인생이라는 이름의 태피스트리'는 어떤 식으로든 아름답겠다는 생각이 들었다.

'숨'의 기쁨. 우선 그것부터 만끽하기로 한다.

더 뜨거워져도
좋다

"히말라야의 거대한 설산도 한때는 깊은 바다였다. 거대한 시간 속에서 보면 우리의 삶이라는 시간은 찰나에 불과하다. 그러나 그 찰나의 매 순간조차 엄청난 지각 변화의 거대한 시간보다 훨씬 더 엄중한 것이 나의 삶이다."

인문학자 김경집 교수의 에세이 『인생의 밑줄』에 나오는 문장이다. 문장이란 참으로 희한하다. 누가 말하느냐에 따라 다르게 읽히고, 내가 어떤 자세로 읽느냐에 따라서도 전혀 다르게 읽힌다. 저 문장에서 억겁의 시간을 묘사하는 것도 익숙한 표현이고, 삶의 엄중함에 대한 것도 결코 낯설지 않다.

하지만 김경집 교수라면 거대한 시간조차 충분히 사유했을 분이라고 강하게 믿고 있고, 무엇보다 나는 이제 삶의 엄중함에 대한 조언을 가슴으로 받을 준비가 돼 있었다. 다시 말해 저 표현은 익숙하지만, 내가 새로운 생명으로 태어난 것처럼 저 문장으로부터 받는 감동은 전적으로 새롭다. 그래서 『인생의 밑줄』을 읽는 동안, 나는 이 책을 읽을 만한 모종의 자격이 있다고 생각했다.

『인생의 밑줄』을 읽는 내내 '나의 삶' 그리고 '지금 이 순간'에 집중했다. 제1부 깨뜨려서 지키는 삶 : 자유롭게, 먼지를 털 듯이, 제2부 오름 같은 사람이라면 : 오만하지 않고 서로를 존중하며, 제3부 기계의 시간에서 자연의 시간으로 : 삶의 무늬를 새기는 은밀한 곳. 무슨 책이 목차에 쓰인 저 짧은 문장만으로도 사람을 녹이는가? 나는 이미 뜨거워진 초콜릿처럼, 충분히 녹고 나서야 본문을 읽기 시작했다. '역시 김경집!'이라는 감탄이 절로 터진다. 책은 삶의 밀도를 채우는 저자의 통찰과 사유로 가득하다.

살다 보면 갑자기 비보悲報를 듣게 되는 날도 있다. 누군가와 생사가 나뉘어 이제 다시는 만날 수 없다는 생각이 들면, 그것이 아무리 삶의 이치라고 해도 당장 받아들이기는 힘들고 아프다. 아프고 힘든 것이 싫은 우리는 무엇이든 잃지 않으려 안간힘을 쓴다. 하지만 그러면 그럴수록 상실만 더욱 커지는 것 아닌가. 그래서 잃지 않으려는 것보다는, 얼마든지 잃어도 되는 마음, 그런 준비를 하면서 사는 게 낫지 않을까.

『인생의 밑줄』에서 저자는 이렇게 쓰고 있다.

"'누군가에게' 열흘이라도 피는 꽃이 될 수 있다면 그 삶은 그저 그런 삶이 아니다. 시시한 삶이 아니다."

화무십일홍花無十日紅을 그리고 소설가 김소진의 요절을, 그는 이 토록 깊이 푼다. 시시하게는 살지 않겠다면서.

'꽃말'이라는 것이 있다. 정열, 사랑, 감사, 소중함, 추억……. 꽃에 꽃말이 있듯이 사람에게도 각자 붙어 다니는 말들이 있으면 좋겠다. 짧은 절정의 순간을 맞이하고는 즉시 시들어 사라져 버리는 꽃. 『인생의 밑줄』을 읽다 보면, 낙화를 보면서도 고작 '허무'나 느끼는 것으로 끝내지 못한다. '저 작은 존재가 열흘이나 행복감을 주고 떠나니, 꽃은 자신에게 주어진 삶의 시간에 충실한 것 아니었는가.' 이런 식의 사유를 하게 된다. 그렇다. 『인생의 밑줄』은 생각의 파편들을 모아 깊고 넓은 '사유'로 나아가는 법을 가르쳐 주는 책이다.

『인생의 밑줄』을 읽고, 사유하는 법을 배우는 동안 문득 나를 대변할 꽃말과 향기가 궁금해졌다. 일단 '열정'이란 단어를 떠올렸다. 마릴린 먼로는 아니지만 나 역시 늘 뜨거운 것이 좋다. '열정'은 어느 꽃의

설레는 시간

27.5x27.5cm Oil on Canvas 2019

꽃말일까? 선인장꽃이었다. 사막이나 고원, 물이 귀한 곳에서 살아가는 선인장. 아주 맘에 든다. 좀처럼 꽃을 피우진 않지만, 일단 피어나면 더없이 아름다운 것이 선인장꽃이다. 열정이라는 단어와도 아주 잘 맞는다.

누구라도 하루 24시간, 365일을 열정으로 살 수는 없다. 그렇게 살면 죽는다. 열정이란, 품고 살다 보면 아주 가끔 미친 듯이 뜨거워지는 그런 것 아닌가. 평소에는 마치 꽃을 피우지도 못할 괴상한 식물처럼 보이지만, 느닷없이 강렬하도록 아름다운 꽃을 피워내는 선인장처럼 말이다.

선인장 가시는 수분을 아끼기 위해, 그리고 자신을 보호하기 위해 진화한 결과다. 스스로 강인해진, 열정의 식물 선인장. 여러모로 마음에 든다. 나는 선인장이 되고 싶었고, 그러자 한동안 잊고 있던 '열정'이 다시 불타올랐다. 설렜다. 가슴이 마구 뛰었다.

"오늘, 내 삶은 어떤 설렘으로 채워지는가."

『인생의 밑줄』 맨 마지막 문장이다. 아주 낮고, 깊고, 부드럽고, 조용하게, 사람을 미치게 만든다.

이 세상은
아름다운 놀이터

여행이 좋아서 청춘이 빛나서
_류시형 외

"우주에선 뜻대로 되는 게 아무것도 없어. 무작정 시작해 보는 거지."

영화 〈마션〉에 등장했던 대사다. 화성에 혼자 고립된 식물학자는 '무작정' 그리고 살아남기 위해 무엇이든 한다. 그렇게 버티고 또 버텨 그는 결국 지구로 생환한다. 저 대사를 놓고, 인생에서 뜻대로 되는 게 아무것도 없을 때마다 떠올릴 만한 명문장이 아닐까 생각했다.

『여행이 좋아서 청춘이 빛나서』는 다양한 개성을 가진 다섯 여행가들이 지구 구석구석을 여행하며 뜨겁게 청춘을 생존한 여행 에세이다. 그들은 청춘의 열정과 무모함을 동력삼아 여행하면서 좌절, 아픔, 그리움, 한계 그리고 마침내 희망을 느낀다. 나는 그들의 발자취를 따라 사막, 아마존, 유럽, 남극, 무인도로 상상의 시선을 보내야 했다.

"절규는 하늘을 가로질러온다"는 문장이 문득 머리를 스쳤다. 토머스 핀천의 소설 『중력의 무지개』 첫 문장이다. 나는 그들을 중력으로부터 자유롭게 만들어 주고 싶었다. 온 지구를 돌아다닌 후 저들을 붙잡고 있는 것은 이제 중력밖에는 남아 있지 않을 것만 같았다. 나는 저들을 우주로 날려 보내주고 싶었다.

여행가는 대체 무슨 생각을 가지고 어디까지 가는 것일까? 윤승철 작가는 "간절함의 존재에 대해 생각해 보는 것"이 무인도에 가는 이유라고 말한다. '자발적 고립'을 통해 그는 잠시나마 그곳의 유일한 인간으로서 오롯이 자신만을 응시할 수 있었을 것이다. 가장 고독한 형태의 그 여행을 통해 그가 무엇을 얻었는지 쉽게 알 만하다. 스스로 심연으로 들어가는 길을 찾았을 것이다. 화성이든 무인도든 도시 한복판이든 간절하다면 언제 어디서든 찾을 수 있는 길.

내 청춘의 아프리카 시절이 떠올랐다. 나는 긴 고립 속에 있었다. 소위 깨달음이라는 것은 고립의 과정에서 얻게 되진 않는다. 보통은 고립이 해소되는 극적 순간이나 어떤 해프닝으로 인해 손에 들려진다.

내 인생의 가장 '간절했던 순간'을 떠올렸다. '풋' 하고, 웃음부터 터진다. 짐 캐리가 등장하는 영화와 같았던 사건. 나에겐 아주아주 심각한 상황이었지만, 그것은 관객의 시점에선 매우 코믹한 상황이었다. 탄자니아에서 암석벽화 복원작업을 하던 시절 이야기다. 숙소에서 잠깐 낮잠을 자고 있었는데, 무거운 베란다 유리문이 가볍게 '드르륵' 열리는 소리가 났다. 눈을 뜨자 정말이지 현실이라고는 믿을 수 없는, 믿고 싶지 않은, 그런 광경이 펼쳐졌다. 고릴라만 한 덩치의 개코원숭이가 우뚝 서서 나를 내려다보고 있는 것이 아닌가. 순간 오만가지 공포스러운 상황이 영상이 되어 내 머리를 스크린삼아 떠올랐다.

그러나 나는 당장 생존에 필요한 것만을 번개처럼 잡아냈다. '내가 있는 이 숙소는 제일 끝 방이다', '이 시간 이 건물엔 사람이 없다', '지금 이 상황은 그 누구의 도움도 없이 내가 직접 해결해야만 한다'.

당시 내가 머릿속에서 잡아낸 3가지 생각이다. 그러자 지체없이 행동에 들어갈 수 있었다. 나는 큰소리를 지르며 날뛰기 시작했다. 스스로 깜짝 놀랄 만큼 나로부터 엄청난 소리와 저항의 에너지가 솟구쳤다. 동물적인 소리와 액션이었다. 내 에너지가 전달된 것인지, 원숭이 눈에조차 내가 이상해 보여서인지, 그저 불쌍해서 봐준 건지 지금껏 알 수 없다. 영원히 모를 일이다. 어쨌든 개코원숭이는 몸을 돌려 조용히 정글로 돌아갔다. 당시엔 너무 놀랐지만, 세월이 갈수록 웃겨지는 잊지 못할 사건이다. 나는 그 해프닝이 내 인생 전체에 어떤 식으로든 영향을 미쳤다고 생각한다.

탄자니아 잔지바르 섬에 있게 됐을 때는 외로울수록 자연과 더 가까워지는 나 자신을 보았다. 아프리카의 자연은 그 어디에서도 볼 수 없는 것들을 보여주었다. 밤 바닷가를 걷다가 경이로운 장면을 보기도 했다. 시선을 올리면 밤하늘 별들이 쏟아져 내리는 듯했고, 이어 시선을 내리면 하얀 해파리 떼들이 발광하면서, 하늘과 경계가 완전히 없어진 검은 바다를 온통 채우고 있었다. 그걸 보고 있으면 마치 우주를 유영하고 있는 것처럼 느껴졌다. 현실과 환상에 구분이 없어지는 기이하고 특별한 경험이다.

떠나지 않았다면, 결코 가질 수 없는 기억들이다. 낯선 곳에 자신을 옮겨다 놓으면 스스로가 더 잘 보인다. 또 낯선 곳에서만 보이는 자신의 모습이 있다. 아프리카 시절, 나 자신과 많은 대화를 할 수 있었다. 한 인생을 사는 것도 여행이라면 내 지난 발자국들은 이 세상 어디에 남겨졌을까? 어떤 간절함으로 살아야 이 세상에 의미 있는 발자국을 남길 수 있는 것일까? 여행이란 떠올리기만 해도 이토록 상념에 빠져들게 한다.

오늘도 물감 묻은 붓을 노 저으며 캔버스라는 배를 타고 여행을 한다. '우주의 무인도'를 가보면 어떨까? 생각만 해도 '극한 고립'의 결정판이다. 그러나 오히려 자신에게 잠재돼 있던 지혜와 용기를 간절히 필요로 하는 최고 여행지가 될 수도 있겠다. 캔버스에 그려진 풍경은 '천국의 고독'을 느꼈던 잔지바르 섬의 모습이다. 아무리 아름다운

우주의 무인도

53x45cm Oil on Canvas 2018

절경과 맛난 음식이 있어도 홀로 섬에 계속 고립돼 있다면, 자발적 고립이 아닌 다음에야 천국이라고 느껴지지 않는다. 그래서 사람은 같이 사는 것이다.

그림을 그리면서도 그림에 대한 간절한 소망 따위는 없다. 지금 그림을 그리고 글을 쓰고 있다는 것만으로도, 나만의 행복한 발자국을 충분히 남기고 있다고 느끼기 때문이다. 신은 우리를 이 세상을 여행하라고 보냈을 것이다.

천상병의 시 「귀천」(歸天)이 떠오른다. 시인은 살아서 알았던 것이다. "아름다운 이 세상 소풍 끝내는 날, 가서, 아름다웠더라고 말하리라."

쇼는
계속되어야 한다

세상은 묘지 위에 세워져 있다
_이희인

"내가 태어났을 때 나는 울었고, 내 주변의 모든 사람은 웃고 즐거워했다. 내가 내 몸을 떠날 때 나는 웃었고, 내 주변의 모든 사람은 울며 괴로워했다."

카피라이터이자 여행작가 이희인의 여행 에세이 『세상은 묘지 위에 세워져 있다』에필로그에는 '티베트 사자의 서' 한 구절이 나온다. 지극히 단순하지만 죽음이 삶의 고통을 해방시킨다는 티베트인의 통찰을 느낄 수 있는 문장이다.

그래, 인생 복잡할 것이 무엇이 있겠는가? 태어나면 사는 것이고, 살다 보면 죽는 것이다. 태어나고 죽는 그 좁고 어두운 간극 사이에서 우리는 무한대로 욕망하지만, 그래 봤자다. 인생에 관한 이 짧고 명쾌한 사실을 직시할 용기만 있다면, 우리는 제정신으로 이 세상을 살다 갈 수 있다. 이것은 명백한 위로이며, 나약해지고 병든 영혼을 위한 최선의 처방이다.

저자는 세계 곳곳에 흩어져 있는 작가와 예술가 그리고 사상가와 혁명가가 묻힌 무덤을 찾아간다. 위대한 인간들이 생을 눕힌 바로 그곳에서 저자는 이야기를 나눈다. 그들이 자신의 파란만장했던 삶에서 건져낸 작품과 사상·자취 등을 무덤 속에서 꺼내 놓는다. 저자는 이 여정을 통해 강렬한 삶의 의지와 욕망이 솟아올랐다고 고백한다.

묘지란 살아있는 자들이 눈으로 확인할 수 있는 '죽음의 살아있는 상징'이다. 우리가 죽음의 상징을 만들고, 찾아가는 것은 망자의 부서진 육신 따위를 기억하려는 것이 아니다. 완결된 인간을 기억하기 위함이다.

그렇다면 우리는 왜 한사코 기억하려는 것일까? 그들을 위해서? 아니다. 지금 이 순간 숨 쉬며 살아있는, 분명 나 자신을 위한 것이다. 언젠가는 반드시 끝이 난다는, 인간의 명백한 미래를 확인하는 것. 그리하면 살아있는 동안, 우리는 혼신의 힘을 다해 생각하고 행동할 수 있을 테니깐. 무엇보다 살아 숨 쉬는 동안만 할 수 있는 의미를 찾고, 할 수 있는 일을 찾을 것이다. 무엇보다 무의미를 견딜 수 없을 것이므로.

베토벤은 죽기 하루 전날 "친구들이여, 박수를 쳐라! 연극은 끝났다"라고 유언했다. 그리고 셰익스피어의 비극 『리어왕』에는 "참아라. 모두가 울면서 이 세상에 오지 않았는가. 바보들만 있는 이 거대한 무대에 온 것이 슬퍼 운 거야"라는 대사가 나온다.

이렇듯 우리는 이 거대한 삶의 무대에서 각자 맡은 역할의 '쇼'를 하는 것일지도 모른다. 연극의 1막이 끝나고 2막, 3막이 사후에도 있을지 모른다고 상상하면서.

'The Show Must Go On(쇼는 계속되어야 한다)'은 퀸Queen의 프레디 머큐리 마지막 싱글앨범 수록곡이다. 투병 중에 노래했다고는 믿기지 않을 정도로 놀라운 고음을 구사하며 더 없을 처절함과 비장함으로 인생을 표현한다. 이제 프레디는 가고 없지만, "쇼는 계속되어야 한다"고 절규하던 그의 목소리는 영원히 남을 것이다.

『세상은 묘지 위에 세워져 있다』를 읽고 내가 그린 그림의 제목은 '3막 1장의 무대'다. 이 그림을 내가 가진 오래된 캔버스를 찾아 그렸다. 좋은 나무틀에 아사 천(삼베로 만든 캔버스 재료)을 씌운 아주 훌륭한 캔버스였지만 어찌 된 일인지 나는 이 캔버스를 가지고만 있었다. 좋은 것이라 아끼다 한참동안 잊었던 거다. 나는 오랫동안 나로부터 죽어 있던 그것 위에 그림을 그리기로 마음먹었다. 『세상은 묘지 위에 세워져 있다』를 그리기에 이 캔버스를 따를 것이 없겠다고 확신했다.

3막 1장의 무대

65×53cm Oil on Canvas 2019

프레디의 노래처럼 인생이 쇼와 같다면, 우리의 삶은 장면을 변환하면서 계속 이야기를 만들어 나갈 것이다. 나는 이제 2막쯤을 끝냈다. 그래서 3막이 시작되는 쇼 무대를 상상하며 캔버스에 표현했다. 다시 살아나게 된 이 캔버스도 지하에서의 2막을 끝내고 이제 3막을 시작했다. 나의 캔버스가 웃고 있는 것처럼 느껴졌다.

책에 등장하는 마지막 묘지는 철학자 발터 벤야민의 묘지다. 그의 무덤은 과거가 '묻힌 것'이 아니라, 미래로 '열린 것' 같다고 저자가 말하는 대목이 인상적이었다. 'tomb'은 무덤이고, 'womb'은 자궁이다. 두 단어는 어원상 같은 뿌리를 갖고 있는 것은 아닐까. '미래로 열린 무덤'이라는 말 자체가 큰 위안을 던져준다.

이 책은 텍스트뿐만 아니라 콘텍스트마저도 모두 무덤이었고, 그래서 시작이었다. 그림을 그리는 동안 나는 'The Show Must Go On'을 끝없이 흥얼거렸다. Empty spaces. what are we living for(텅 빈 공간. 우린 무엇을 위해 사는가). On and on, does anybody know what we are looking for(계속해서, 우리가 무얼 찾는지 누군가 알기는 하는가).

인생은
조미료 맛

할머니의 좋은 점
_김경희

"사는 거 미리 겁먹지 마. 어떻게든 살아지게 돼. 지금 많이 웃으며 열심히 살아."

아흔 살 주옥지 여사가 말해 주는 간단명료한 삶의 조언들은 하나같이 힘이 되고 마음에 평안함을 준다. 김경희 작가는 세 번째 에세이『할머니의 좋은 점』에 맞벌이 부모님 대신 자신을 길러주신 외할머니 이야기를 담았다. "음식 맛은 손맛이 아니라 조미료 맛이야"라며 누구나 도전 가능한 요리비법을 알려주고, "사는 동안 언제가 제일 좋았냐?"는 질문에는 망설임 없이 "뭐, 지금이 제일 좋지"라고 대답하는, 쿨내 진동하는 할머니.

손녀는 주 여사를 통해 세상을 배웠고, 살아내는 법을 배웠다. 이제 작가가 된 손녀는 그렇게 배운 것들을 모아 둘만의 울고 웃기는 책을 세상에 내놓는다. 1931년생 할머니와 1989년생 손녀, 『할머니의 좋은 점』에서 벌어지는 두 여자의 수다는 한없이 따뜻하고 더없이 즐겁다.

나는 아이를 친정어머니께 맡기고 일을 볼 때가 있다. 그럴 때마다 엄마인 나보다 더 잘 돌봐주신다. 하나밖에 없는 손자라 금이야 옥이야 하는 것이다. 어떨 때는 "나 어릴 때도 좀 그렇게 해 주지"라며 농반진반의 투정을 부리기도 한다.

하지만 아이는 아직 아이다. "할머니 말씀을 잘 듣겠다"는 나와의 철석같은 약속 따윈 잊고, 할머니를 섭섭하게 할 때가 있다. 그때마다 아이에게 일장연설을 반복한다. 이건 내가 생각해도 약간은 치사한데, '부인할 수 없는 존재의 근원'을 들먹거리는 것이다. 이런 식이다.

"할머니는 누구야?"

"엄마의 엄마죠."

"그럼 엄마가 할머니한테서 태어났고, 너는 엄마한테서 태어났는데, 할머니 안 계셨으면 너는 세상에 없는 거잖아."(자신이 존재하지 않는 세상에 대해 내 아들이 무엇을 상상할지는 나 역시 궁금하다. 하지만 그건 나중에 크면 물어보기로 하고 일단은 계속 잔소리.)

"……."

"네가 이 세상에 못 태어났으면 그 좋아하는 장난감도 못 갖고 노
는 거야. 그러니까 할머니가 소중해? 안 소중해?"

"소중해요."

"그러니까 할머니 말씀 잘 들어야겠어? 안 들어도 되겠어?"

"잘 들어야 해요."

아이에게 이렇게 잔뜩 잔소리를 퍼붓고 나면, 아이에게 던진 그 말
들이 곧장 나를 향해 돌아온다. '난, 나를 세상에 있게 한 사람들에게
고마워한 적이 있었을까?' 역시 가르칠 때 배우는 게 훨씬 더 많다. 자
격이 있어 아이를 키우는 것이 아니라 아이가 나에게 엄마가 되는 법
을 알려주는 것이다.

엄마라는 자격은 결과라기보다 과정에 가깝다. '계속 엄마가 돼 가
는 중'이니 말이다. 부모가 돼 가는 과정은 아이가 다 자라 내 품을 떠
날 때까지 끝나지 않을 것이다. 언젠가 이 아이가 자식을 낳아 내 품에
안겨주면 그제야 나도 부모 역할을 제대로 할 수 있을 것이다. 엄마가
아닌, 할머니가 돼서야 비로소 할 수 있는 엄마 노릇이라니. 엄마란 참
으로 아이러니한 자격이다.

『할머니의 좋은 점』에서 작가는 엄마의 엄마인 외할머니를 인터뷰
한다. 그녀는 '완성된 엄마'다. 그런 존재에게 손녀는 좋아하는 것, 싫

어하는 것, 사회에 대한 생각, 바라는 것 등등 수많은 질문을 던진다. 모든 것을 알고 싶기에 던지는 질문들이다. 소소하지만 존재론적인 이 물음 하나하나에 엄마의 엄마는 아주 뚜렷한 자신만의 인생 철학을 담아 소신 있게 대답해 준다.

아흔 살 주옥지 여사의 말씀은 하나하나 주옥같다. 그중에서도 "어떻게든 살게 되니 겁먹지 말라"는 말에 나는 꽂혔다. 그 말이 나에겐 이렇게 들렸다. "캔버스 앞에서 미리 겁먹지 마. 어떻게든 그려지게 돼. 지금 이 순간을 즐기면서 재미있게 그려."

수십 년을 그려온 그림이지만 새 캔버스 앞에서 나는 매번 새로운 두려움을 느낀다. '나 자신을 향한 기대만큼 나는 그림을 그려낼 수 있을까?' 이런 생각을 하면 기대가 곧 두려움이 된다. 어쩌면 나는 그린다는 행위 그 자체보다는 이런 긴장감과 두려움에 중독됐을지도 모르겠다. 『할머니의 좋은 점』을 읽는 동안 자꾸 나의 아흔 살을 떠올렸다. 그때가 되면 나도 두려움보다는 책 속의 주 여사처럼 '지금 당장 많이 웃으며 즐거움을 느끼는' 사람이 되리라 믿는다.

나는 그 말을 따라 웃으며 붓을 잡았다. 이번엔 농담처럼 그림을 시작해 보기로 했다. 나는 '할머니의 노老란 집'이라는 단어를 만들었다. 그러고는 아이가 숲속을 걷고 있는 장면을 상상했다. 깊은 밤 깊은 숲속에는 불빛이 밝은 '노老란 집'이 있다. 캄캄한 밤이지만 그 집 위에

숲속의 노란집

27.3×22cm Oil on Canvas 2020

는 무지개가 떠 있고, 사탕과 과자가 날아다닌다. 그 집은 밝고 밝아서 어둠 속에서도 아이에게 찾아올 길을 알려준다. 노란 집의 할머니는 자신의 집을 찾아온 아이에게 이렇게 말해 준다. "캄캄한 숲속에서 불빛을 보았을 때 기뻤지? 두려움을 견디면 자신만의 세상을 찾을 수 있겠지?"

"인생에서 언제가 제일 좋았냐?"는 손녀의 질문에 주 여사는 "지금"이라고 답했다. 그 대목에서 전율을 느꼈다. 나는 아직 이런 대답을 할 수 없다. 내 어린 아들과 나는 여전히 엄마와 자식으로서 완성돼 가는 중이다. 어쩌면 나는, 할머니가 되고 나서야 온전한 엄마가 될 수 있을지 모르겠다. 그렇게라도 엄마가 되고 싶다.

마음을 다시 쓸 때
필요한

나쁜 기억을 지워드립니다
_기시미 이치로

"어떠한 경험도 그 자체가 성공 혹은 실패의 원인이 될 수는 없다. 사람은 경험에 의해 결정되는 것이 아니라 자신의 경험에 스스로 어떤 의미를 부여할지에 따라 결정된다."

『오늘을 살아갈 용기-아들러 심리학』에 나오는 말이다. 아들러 심리학과 고대철학에 관해 연구해 온 철학자 기시미 이치로의 에세이 『나쁜 기억을 지워드립니다』는 독특한 형식부터 눈길을 끈다. 열아홉 편의 한국영화 속 주인공들이 영화 밖으로 걸어 나와 철학자와 대화를 나눈다. 주인공들은 그 대화를 통해 삶의 방향을 찾아간다. 그들이 철학자 앞에 던져 놓는 삶의 고민은 영화 주인공이라고 해서 특별하거나

책 읽는 아틀리에   124

대단하거나 그렇지 않다. 오늘을 살아가는 우리와 조금도 다르지 않은 갈등과 고민이다.

나는 이 책을 읽는 동안 두 가지에 놀랐다. '내 인생도 고민거리가 참 많구나', '인생의 고민이라는 것이 이토록 쉽게 풀릴 수도 있구나'. 자신의 지난 고통을 비겁 없이 정면으로 바라볼 수 있는 그 용기 하나만으로도 가슴 속 응어리는 쉽게 풀리기도 한다.

나는 책을 읽는 동안 계속 조금씩 더 많은 용기를 낼 수 있었다. 그리고 더 많은 내 과거의 기억들과 화해할 수 있었다. 지난 일이고, 다 잊었다고 생각했었지만 조금도 잊지 못한 일들이 있었고, 그것은 나도 모르는 사이 나를 잠식하고 있었다. 어쩌면 내 안에서 죽어 썩어가는 어떤 것이 있는데, 그게 보기 싫다며 거적 따위로 덮어놓고 방치한 듯했다. 형체는 보이지 않아도 그곳에서 풍기는 악취가 어느 순간부터 내 모든 공간을 지배하고 있었는지도 모르겠다. 외면하면 대가가 따른다는 사실을 그땐 몰랐다. 이 책은 그 점을 깨닫게 한다.

제목처럼, 이 책을 읽으면 정말 나쁜 기억을 지우개처럼 지울 수 있을까. 그런 의미는 아니다. 이 책의 핵심은 간단하다. 과거는 이미 지나갔으므로 바꿀 수 없다. 하지만 지금의 내가 과거 경험에 새로운 의미를 부여하게 되면 나쁜 기억이 나쁘지 않은 기억으로도, 좋은 기억으로도 바뀔 수 있다는 것이다.

영화 〈백 투 더 퓨처〉에서는 현재에 영향을 미치는 과거를 바꾸기 위해 온갖 소동을 벌인다. 하지만 철학자의 '백 투 더 퓨처'는 달랐다. '현재의 내 이해'에 따라 나의 과거를 내가 원천적으로 변화시킬 수 있다. 훨씬 간결하고 깔끔하다. 무엇보다 이건 현실 가능한 '백 투 더 퓨처'다.

인간의 삶에 전적인 것은 없다. 전적인 것은 종교의 영역이다. 인간에게 없기 때문에 신에게, 그리고 내세에 구하는 것이다. 인간의 현실에서 고통과 행복은 동전의 양면처럼 서로를 규정할 뿐이다. 아직은 어린 내 아들의 뽀뽀는 엄마인 내게 전적인 행복 같기도 하지만, 곧 성인으로 자라 내 곁을 떠나가는 상실의 운명을 상기시킨다. 이조차 전적이지 않은 것이다. 가장 황홀한 순간에 우리는 시간이 멈추길 바라지만, 멈춰진 시간을 경험할 수 있는 존재는 없다.

화가의 길을 걷기 시작한 무렵, 지금보다 젊었어도 나는 이미 그것을 눈치채고 있었다. 도무지 앞날에 대한 계산은 안 되고, 모든 것이 불만족스럽게 느껴지던 30대 초반의 어느 날, 나는 문득 아프리카로 떠나기로 했다. 상상을 초월하는 다양한 경험이 필요하다고 판단했다. 미지의 세계에서 내가 경험하게 될 고통과 두려움이 나를 온전히 깨워주길 바랐다. 이 여정은 어리고 미숙했던 시절, 내가 알지도 못하고 저지른 일 중에 가장 기특한 것이었다.

『나쁜 기억을 지워드립니다』를 읽고 나서 귀여운 반역자처럼, 가장 아름다웠던 기억을 마구 떠올리고 있었다. 나의 아프리카 시절, 탄

지금 풍경

73x61㎝ Oil on Canvas 2020

자니아 잔지바르에서 다시 배를 타고 한참을 더 들어가 만났던 아주 작은 섬의 모습이 떠올랐다. 이제 이름조차 잊어버린 그 섬을 그리고 싶었다. 내 오랜 기억 속에서 그 섬은 가장 아름다웠고 가장 고통스러운 풍경이었다. 비현실적으로 아름다운 아프리카의 외딴 섬에서 현실적으로 지독하게 고독했기 때문이다. 고통과 행복이 한 덩어리로 뭉쳐져 있었던 내 기억을 그림으로 그려 끄집어내는 것은 어려운 시도였지만 동시에 즐거운 도전이었다.

앰비밸런스Ambivalence, '양가성'이란 사랑과 증오, 복종과 반항, 쾌락과 고통, 금기와 욕망같이 서로 대립적인 감정 상태가 공존하는 심리 현상을 뜻하는 말이다. 『나쁜 기억을 지워드립니다』를 읽는 동안 나는 인생에서 일어났던 양가성의 원리를 조금 더 이해할 수 있었다. 내가 앞으로 겪게 될 모든 경험도 마찬가지일 것이다.

내가 부여하는 의미가 진정한 시작이다. 책을 읽고, 그림을 그리고 나자, 다시 내 삶이 시작되는 기분이다.

변태적일 만큼
짜릿하다

다행히 나는 이렇게 살고 있지만
_지평님

"누군가에 등 떠밀린 인생이 아니었다. 내가 좋아서 선택한 직업이고, 많은 날을 변태적일 만큼 짜릿한 기쁨에 취해 일했다."

산문집『다행히 나는 이렇게 살고 있지만』에 나오는 한 구절이다.

화가인 내가 언제부터인가 꽤 많은 출판인을 만나고 있다. 우연히 출판평론가라는 직업을 가진 분을 만났고, 그분 때문에 책에 대한 글을 쓰게 되면서부터다. 그러던 어느 날, 출판인들에겐 재미난 공통점이 있다는 사실을 알게 됐다. 출판인들은 잘 모르겠지만, 나는 출판인이 아니라 객관적 거리를 두고 그들을 '구경'하면서 알게 된 것이다. 아무튼, 내가 아는 출판인들은 모두 앞서 인용한 문장 그대로였다. 그들은 '변태적일 만큼 짜릿한 기쁨에 취해' 자신의 일을 하고 있었다. 이것이 너무 희한해서 나를 책의 세계에 '입덕'시킨 평론가에게 물어보았다. 평론가는 평론가다웠다. "출판은 흥행 비즈니스입니다. 중독성이 있죠." 나는 꽤 촉촉하게 물었는데 꽤 건조한 답이 돌아왔다. 명료해지긴 했지만, 출판인을 로맨틱한 시선으로 바라보던 나의 감흥은 깨지고 말았다.

『다행히 나는 이렇게 살고 있지만』을 쓴 지평님은 30년 가까이 책 만드는 일을 해온 편집자다. 지금은 자신의 출판사를 운영하고 있다. 이 책은 저자가 그 특별한 직업을 갖고 살아오며 느낀 소회와 사람의 풍경이 담긴 에세이다. 평생 글을 다루어 온 사람답게 섬세하고 아름다운 문장으로 자신의 내면을 표현하고 있다. 나는 저자가 데려온 문장과 단어에 오롯이 공감하며 빠져들었다.

구석진 객석에 앉아 배우들의 열연을 지켜보며 때로 선망하고 때로 무력해지기도 했던 '나른한 구경꾼'이었지만, 그 역할이 싫지 않았다고, 아니 오히려 재미가 들렸다고 저자는 출판인으로 살아온 소회를 적고 있다. "그래서 가끔은 주인공 역할을 부여받아 분투하느라 정작 자기 이야기를 놓쳐 버린 이들의 소중한 증인이 돼 주기도 했다"는 구절에서 잠시 멈췄고, 생각에 빠졌다. 나 역시 '자기 이야기를 놓쳐 버린 1인'이었기 때문이다. 이 구절을 수십 번 반복해 읽으며 문장에서 얻는 위로를 실감했다.

　나는 이 책을 읽으며 '메타 구경꾼'이 됐다. '구경꾼을 구경하는 사람' 말이다. 이것은 마치 두 개의 거울 사이에서 무한대로 나누어지는 자신의 모습을 보는 것과 비슷한 느낌이었다. 나의 뒷모습을 지켜보고 있는 나.
　이처럼 『다행히 나는 이렇게 살고 있지만』을 읽으며, 구경하는 사람을 구경할 수 있었는데, 문득 이것을 이렇게 서평으로 쓰면 누군가는 또 나를 관찰하는 것이 아닌가 하는 생각이 들었다. 그리고 내 서평을 읽은 사람이 그것을 또 다른 사람에게 전한다면, 이는 구경하는 사람을 구경하는 사람을 구경하는 사람을 다시 구경하게 되는 것이다. 끊임없이 마주 보는 거울 사이에 사는 것이 인간관계가 아닐까. 구경하는 자에게 구경하는 자의 역할과 본분이 있다. 아무리 가까이 다가가도 일치할 수 없는 존재의 아찔한 거리를 잊지 말아야 한다.

　이 책을 읽으며 머리를 한 대 얻어맞은 듯한 깨달음으로 저자에게 고마움을 느꼈던 대목이 있다. 내 삶이 지쳐 주저앉아 있을 때 다시 신발 끈을 묶고 씩씩하게 나아갈 수 있는 오묘한 힘을 주었다. 큰 출판도매상이 부도가 났단다. 이때 저자는 난생처음으로 자신의 직업에 대해 회의감을 느낀다.

　"꽃피는 봄날 오후에, 출간을 앞둔 원고의 표지 시안을 검토하는 자리에서 눈물이 나기 시작했다. 질질 흐르는 눈물을 몰래 닦는데 입에서 '엉엉' 소리가 새 나왔다. 어릴 적 이후, 소리 내어 운 기억이 별로 없었다. 너무 놀라서 입을 틀어막았지만, 소리가 잦아들기는커녕 점점 커졌다. 눈치 빠른 동료들이 자리를 비켜준 뒤 혼자 그 모양으로 있자니 별별 생각이 다 들었다. 세상에! 뭔 벼슬을 한다고 쉰 살 넘은 나이에 쳐 울고 난리를 피우나. 이 추태를 보이고 창피해서 동료들 얼굴을 어찌 볼까……. 그 와중에도 그날이 금요일이라는 사실이 조금은 다행스러웠다."

그날 밤 저자는 밤새 울다 쉬기를 반복하다가 새벽녘에 생각이 명료해진다.

"누군가에 등 떠밀린 인생이 아니었다."

저자가 이렇게 눈물을 그친 바로 그 순간, 나의 눈물이 터졌다. 삶이란 언제나 내 맘 같지 않아서, 열심히 살아왔음에도 불구하고 쓰러지는 날도 있다. 나이 들수록 우는 일은 적어지지만, 울어야 할 만큼 슬프고 아픈 일들은 더 많아진다. 삼키는 기술 하나로 버티며 사는 것이다. 하지만 저자는 "서로 동정하고 위로하는 일은 비참은커녕 어떤 용기와 신뢰를 불러온다"라고 말한다. 그러면서 마음이 통하는 사람들이 그리고 함께 일하는 동료들이 얼마나 고마운 존재인지를 이야기한다. 이 대목을 읽으며 책에서 걸어 나오는 문장 하나가 나를 쓰다듬는 것 같은 느낌이 들었다. 나는 진정한 위로에 대해 생각했다.

화가인 나는 이 책과 같은 그림을 그릴 수 있을지 생각해 보았다. 진정한 위로의 그림을. 그러고 보니 그런 그림을 그린 것도 같다. 나를 책의 세계로 이끈 출판평론가의 반려견 푸코가 몇 해 전 무지개다리를 건넜다. 나는 이전에 푸코를 그린 적이 있는데, 그 그림을 선물했다. 얼마 전 평론가 내외는 내가 그려준 그림을 볼 때마다 푸코가 살아서 자신들을 쳐다보는 것 같다고 말했다. 생전에 찍어 둔 사진이 그렇게 많아도, 이 그림만큼 위로를 주지는 못했다고, 자신들과 똑같이 내가 푸코를 깊이 사랑했다는 확신이 드는 그림이라고. 나는 그 말을 듣고 행복했다. 화가로서의 내 존재 이유가 선명해지는 것만 같았다.

『다행히 나는 이렇게 살고 있지만』을 읽는 동안 내 머릿속엔 '아름다운 책의 마을'이라는 이미지만 계속 떠올랐다. 내가 만난 책 만드는 사람들은 하나같이 품위 있고 따뜻하고 아름다웠다. 그런 사람들끼리 모여 서로를 위로하고 격려하며 모여 살기에 가장 어울리는 마을이 있다면 어떨까 상상했다.

그림은 사유의 결과물이라고 생각하는 편이라 전적으로 따뜻함과 아름다움만을 떠올리며 그림을 그릴 수 있는 경우는 아주 드물다. 하지만 이번엔 그렇게 하기로 했다. 내가 읽은 책이 아름다웠고, 쓴 사람의 마음이 아름다웠으며, 등장하는 사람과 사람 사이가 모두 아름다웠

책마을 이미지

52.2×41㎝ Oil on Canvas 2020

기 때문이다.

전적인 것은 변태적일 만큼 짜릿하다.

연옥에서 건져 올린
구원

이스탄불 이스탄불
_부르한 쉰메즈

"시간을 모르므로 우리는 '시간의 신'의 주인이 되지요. 여기서는 우리가 원할 때 저녁이 되고, 우리가 원할 때 해가 뜬다오."

부르한 쉰메즈의 장편 소설 『이스탄불 이스탄불』은 이스탄불 지하 감옥에 갇힌 죄수 네 명의 이야기다. 그들은 같은 감방 안에서 끊임없이 이야기를 이어간다. 그들의 육체는 서로의 피비린내가 진동하는 차디찬 시멘트 바닥의 좁디좁은 감옥 안에 있지만, 정신과 영혼은 과거와 현재, 지하와 지상, 환상과 현실 사이를 자유롭게 드나든다. 그리고 이것을 통해 잔인하고도 고통스러운 고문을 견뎌내며 서로를 위로한다.

이들은 '학생 데미르타이', '의사', '이발사 카모', '퀴헤일란 아저씨'라고 서로를 부른다. 이들이 서로 나누는 이야기는 가혹한 현실에서 벗어날 수 있는 환상 속 탈출구다. 이들은 각자 추억과 에피소드와 수수께끼 그리고 삶의 철학과 이스탄불에 대한 생각들을 펼쳐 놓는다.

퀴헤일란 아저씨는 "이스탄불 사람들은 불안한 청소년처럼 아직 연옥에 살고 있었다"고 말한다. '연옥'은 가톨릭 교리에서 죽은 사람의 영혼이 살아있는 동안 지은 죄를 씻고 천국으로 가기 위해 일시적으로 머무른다고 믿는 장소다. 삶과 죽음 혹은 희망과 절망의 경계 지점과도 같은, 이 세상 모든 양가적인 상징들이 마법처럼 꿈틀거리는 이스탄불을, 그는 그래서 사랑한다고 말한다.

어둡고 춥고 축축한 지하세계에 갇힌 그들은 마치 지하에서 태어난 사람들처럼 지상의 바깥세계를 점점 잊어간다. 하지만 언젠가는 밖으로 나갈 수 있다는 희망을 잃지 않으려 애쓴다. 그들은 '상상의 장소'를 만들고 행복감에 젖기도 한다. 그들이 상상한 장소 중 하나는 의사의 집이며 바다가 보이는 발코니다.

죽음과 삶의 경계에 서 있는 남자 넷은 이 바다가 보이는 발코니에서 풍요롭고 근사한 저녁으로 음식과 라키 술(터키의 국민 술) 만찬을 준비하고 잔을 부딪치며 취하고 즐긴다. 상상이라 완전하지는 않지만, 상상이기 때문에 그들은 원한다면 뭐든 할 수 있다. 빛이 없는 감

시간의 발코니

60.8×50cm Oil on Canvas 2020

방, 시간을 파악할 수 없는 자신들의 현실 앞에서 '시간의 신을 다스리는 주인'이 된다.

나는 이들이 펼치는 상상 속 '발코니'가 정말 천재적이라고 생각했다. 발코니는 '안'이면서 동시에 '밖'인 공간이다. 발코니는 현실과 환상, 삶과 죽음, 아름다움과 추악함, 안과 밖의 중간지점을 상징적으로 드러낸다. 인체에 비유하자면 발코니는 '고막'과 같은 곳인데, 이들은 볼 수 없는 이 세상의 모든 진동을 발코니를 통해 감각하려고 한 것일지도 모른다.

그들이 상상한 발코니와 만찬 풍경을 붓으로 따라가기 시작했다. 그들의 상상은 매우 구체적이다. 식탁을 어떤 음식으로 세팅하고, 어떤 음악이 흐르고, 발코니 바깥 풍경과 도시의 소리와 불빛이 어떠한지, 자신들이 좋아하는 모든 것을 머릿속에 그려내고는 그곳에서 상처를 잊으려 애쓴다. 그들은 감방 철문이 삐걱거리는 소리가 들리면, 그제야 자신들이 발코니가 아닌 지하감방에 있다는 것을 환기할 정도로 상상에 깊이 몰입한다.

나는 그들이 시간의 신을 지배하며 현실과 비현실의 경계선을 무너트리고 그 중간 지점에 새로운 세계를 만드는 것을 그림으로 그려야겠다고 생각했다. 비현실적이면서도 비정형적인 물체들이 서로 맞물려, 빛과 어둠이 혼재하는 곳에 연극무대 같은 발코니 풍경을 만들었다. 나는 언제나 캔버스 위에 각기 다른 여러 시간을 저장한다. 나는 현실이고 그림 속 풍경은 비현실이니, 그 중간에 위치한 '그림'은 퀴혜일란 아저씨의 말처럼 '연옥'과 같은 것일 테다.

9세기 페르시아의 혁명가이자 시인 만수르 알 할라즈는 이런 말을 했다.

"지옥은 우리가 고통받는 곳이 아니다. 우리가 고통받는 소리를 아무도 듣지 못하는 곳이 바로 지옥이다."

나는 붓을 놓으며 생각했다.

천국은 올려다보는 것이 아니라, 내려다보아야만 보이는 것이 아닐까?

충실하게
감각한다는 것

술집 학교
_가나이 마키

지구님.

오랫동안 신세 졌습니다.
안녕히 계십시오.
감사했습니다.
안녕히 계십시오.
안녕히.

「할머니 개구리 미미미의 인사」라는 시다. 일본의 시인 구사노 신페이의 작품이다. 『술집 학교』의 저자 가나이 마키는 중학교 국어 시

141

간에 처음 만난 이 시가 그렇게 좋을 수가 없었다. '영원한 첫사랑'처럼 설레었다. 그는 대학 졸업논문도 신페이의 시를 주제로 삼았다.

신페이는 시를 쓰는 것만으로는 생계를 유지하기 어려워지자 가게를 연다. 인생 마지막에 연 이 가게 이름이 '학교'다. 이름은 학교인데, 술집이었다. 신페이가 세상을 떠나자 '학교'는 '폐교'된다. 그러다 몇 년 후 다시 문을 연다. 신페이 생전에 '학교'를 도와주던 사람이 가게를 계속 이어가기로 한 것이다.

이 소식을 들은 저자 가나이 마키는 술집 '학교'를 찾아간다. 저자는 자신을 문학의 길로 인도한 시인 구사노 신페이의 흔적이 궁금했다. 그렇게 찾아간 '학교'에서 저자는 '학생'이 됐다가 결국 그 '학교'의 '대리교사'까지 된다. 5년 동안 매주 수요일 그곳에서 아르바이트하며 '학교생활'을 했다. 저자는 이 '학교생활' 중에 다양한 직업을 가진 사람들을 만난다. '학교'를 30여 년째 다니고 있는 '단골 학생'들과의 만남이 『술집 학교』를 쓴 배경이다.

술집 '학교'는 진정한 학교이기도 했다. 초대교장 구사노 신페이의 대표작 「할머니 개구리 미미미의 인사」처럼, 술집 '학교'는 세상을 사랑하는 법을 가르쳤기 때문이다. 나는 시 속의 개구리가 세상을 어떤 모습으로 볼지 궁금했다. 할머니 개구리 미미미가 세상을 떠나며 남긴 말은 "지구님. 오랫동안 신세 졌습니다. 안녕히 계십시오. 감사했습니다"였다.

'개구리에게 지구는 아주 괜찮은 곳으로 기억된 것이겠지…….'

붓을 들어 미미미가 살았던 동네를 화폭에 옮기기 시작했다. 눈을 감기 직전 자신이 살던 고향을 바라보았을 미미미의 그 시선을 상상했다. 평화로운 숲속 평범한 물가 풍경 위에 나는 조금 비현실적인 느낌을 입히고 싶었다. 그렇게 생과 사의 딱 한가운데를 그리고 싶었다.

그림을 그리는 동안 내 옛날 작업실이 생각났다. 그림을 그리다가 창밖 노을이 참을 수 없을 만큼 아름다우면 술을 마셨다. 있는 대로 술과 안주, 음악을 준비했다. 그러고는 마음 편한 사람들을 불렀다. 이 시절 내 작업실에 들락거렸던 이들과는 모두 평생의 친구가 됐다. 그로부터 많은 세월이 흘렀지만, 친구들은 당시 나의 작업실 '석양의 아지트'를 잊지 못한다.

젊은 화가의 작업실답게 '석양의 아지트'는 엉망진창의 공간이었지만, 그곳은 일종의 통로였다. 사람이 사람을 가슴으로 만나는 곳이었으니까. 그래서 그곳에서 함께 술을 마신다는 것은 서로의 정서 속으로 들어가는 하나의 제의와도 같았다. 석양과 술과 사람과 물감……. 더 바랄 것이 없었던 시간. 내 인생 최고로 풍요로운 시절이었다.

"정말 멋진 인생이었어. 그래서 언제 죽어도 상관없어."

개구리 미미미의 아지트

33.6×24cm Oil on Canvas 2019

술집 '학교'에서 반세기 가까이 마담을 하고 있는 레이코 씨의 말이다. 나는 그림을 그리는 동안 그녀의 말을 아주 정확하게 이해했다. 미래라는 결과에 개의치 않는 것. 그리고 오늘이라는 과정을 충실하게 감각하는 것. 행복이란 정말 생각하기 나름이다.

배우는
기쁨을 먹고 살 뿐

수학자의 공부
_오카 기요시

'수학은 우주의 정서를 지성이라는 질서의 문자판에 표현하는 일종의 학문적 미술'일지도 모른다는 생각이 들었다. 책을 읽으며 그림을 그리고, 이것을 다시 글로 표현하는 이 기묘한 프로젝트를 진행하면서 내가 얻은 생각 중 하나다.

책이 질서를 요구한다면, 그림은 그 질서의 해체를 원한다. 여기에 글을 보태는 것은 내 방식대로의 재구성이다. 질서와 해체와 재구성이라는 변증법적 순환을 통해 나는 나만의 예술적 동력을 얻고자 했다. 처음에는 그저 재미있는 실험이겠다 싶어 가벼운 마음으로 시작한 일인데, 하면 할수록 이게 보통 일이 아니다. 비유하자면, 재미 삼아 바다에서 자맥질을 하다가 우연히 포세이돈의 삼지창을 손에 쥐게 된 인간의 심정이랄까. 이것이 내 운명을 대체 어디로 가져다 놓을지 알 수가 없다. 실험은 모험이 됐다. 두렵지는 않다. 대신 늘 심장이 요동치고 가슴이 설렌다.

『수학자의 공부』는 1963년 일본에서 처음 출간된 이후 반세기 넘는 긴 세월 동안 세대를 관통하며 대를 이어 읽히는 명저다. 이 책을 쓴 오카 기요시는 다변수 함수론 분야 최대 난제였던 '3대 문제'를 해결해 세계적 명성을 얻은 수학자다. 그의 연구 업적은 프랑스 수학자 앙리 카르탕에 의해 계승되어 이후 '층 이론sheaf theory'을 구축하는 토대가 됐으며, 그로부터 '다변수 복소함수론'이라는, 수학의 새로운 분야가 만들어졌다.

물론 나에게 '다변수 복소함수론' 같은 수학 용어는 외계어와 다름 없다. 만약 이 책이 그런 외계어를 설명하는 책이었다면 진즉에 책장을 덮었을 것이다. 『수학자의 공부』는 수학자 오카 기요시의 학문과 예술 그리고 인생관과 공부법에 대한 생각이 담겨 있다. 나는 천재 수학자의 일상적 태도와 생각이 궁금했다. 책은 기대대로였다. 과연 그는 위대한 수학자다웠다. 자신의 책을 55년 후에 읽게 될 내 호기심을 한치 오차도 없이 정밀하게 예측했고, 그에 대한 해답을 제시하고 있었다.

어린 시절부터 그림만 주로 그렸던 내가 수학을 좋아하거나 잘하지는 않았다. 그러나 그림을 그리는 삶을 살면서 '예술은 수학'일 것이라고 그림과 수학의 깊은 관련성을 직감하곤 했다. 하지만 평생 그

연관성을 더듬거리고만 있었다. 『수학자의 공부』는 나의 둔한 더듬이에 레이더를 장착해 주었다고나 할까. 내가 오랫동안 사유했던 삶과 예술의 길에 기막힌 힌트들을 던져주었다. 오카 기요시는 예술을 무척 사랑했는데, 책에는 이 수학자의 천재적이고 기념비적 학문 성과의 근원에는 다름 아닌 "정서를 귀하게 여긴 삶"이 있었다고 설명한다. 그는 아이들을 교육하는 데도 정서만큼 중요한 것이 없다고 강조한다. "정서를 조화롭게 만드는 것에 그림만 한 것이 없다"고 말한다. "불균형에 균형감을 주고 조화를 살리는 면에서 예술과 수학의 본질이 같다"는 것이 그 이유다.

그림을 그리는 과정은 수학 문제를 푸는 것과 같다. 쉽게 말해 '=', 즉 '이퀄equal'을 만드는 것이다. 그림을 그린다는 행위는 형이상학적인 것과 형이하학적인 모든 것을 아우르고, 여기에 상상력과 창의력·구상력·구도·선·색…… 등등 다양한 미술적 수단을 동원하는 것을 의미한다. 스스로 수학 문제를 만들고 다시 스스로 풀어 조화로운 이퀄의 세상을 만드는 것과 그림 그리기는 본질에 있어 똑같은 과정이다.

조화와 균형을 배우기에 가장 좋은 대상은 '자연'이다. 저자는 수학의 세계 역시 자연 관찰의 경향성이 강해졌다고 말한다. 그리고 '수학적 자연'을 일궈내는 열쇠는 '정서'라고 또다시 강조한다. 자연은 조화와 균형, 정서를 배우기에 가장 완벽한 모델이기 때문이다. 이 역시 화가에게도 고스란히 적용된다.

장미의 정서情緒

33.5x24cm Oil on Canvas 2018

하지만 화가뿐일까? 인간의 모든 물음에 대한 답은 분명 '자연'에 있을 것이다. 『수학자의 공부』 마지막 책장을 덮자마자 내가 장미꽃을 관찰하기로 한 것은 바로 이런 저자의 힌트 때문이다. 장미를 자세히 들여다보면, 연약한 장미꽃잎의 얇은 굴곡 모양이 사람의 옆얼굴처럼 보인다. 그렇게 보기 시작하니, 사람의 얼굴들이 모여서 한 송이 장미를 만든 것만 같다. 사실은 장미꽃잎들이 규칙적으로 모여서 한 송이 장미를 이루고 있지만, 이제 나의 미술적 정서에서는 다양한 표정을 지닌 얼굴들이 모여서 꽃을 만들고 있다.

화폭에 나의 정서를 그리기 시작한다. 여러 가지 사람의 표정으로 꽃잎을 그린다. 다양한 색으로 꽃잎마다 여러 가지 감정을 표현한다. 붓질을 하지만 조화를 찾기 위해 머릿속은 계속 '+ -' 계산을 하고 있다. 완성된 그림을 바라보고 있자니, '장미'라는 자연을 통해 표현된 나의 정서를 관찰할 수 있었다. 그림은 이렇게 나 자신을 대상화할 수도 있게 만들고, 추상적인 것들을 눈으로 볼 수 있게도 한다.

"봄 들녘의 제비꽃은 제비꽃으로 피어 있으면 그뿐이지 않은가. 피어 있는 것의 소용은 제비꽃이 알 바 아니다. 피어 있느냐 피어 있지 않느냐, 중요한 문제는 그것뿐. 나로 말하자면, 단지 수학을 배우는 기쁨을 먹고 살 뿐이다."

'무엇에 쓰려고 그렇게 열심히 연구하느냐'는 물음에 이 수학자가 내놓는 대답이다. 누군가 나에게도 똑같이 물어주길 바란다. 그럼 이렇게 대답하겠다.

　"나는 그림을 그리는 기쁨을 먹고 살 뿐이다. 나의 그림 속에서 끝없이 이퀄의 세상을 만든다."

제일 좋은
것이란 없다

슬픈 날엔 샴페인을
_정지현

"이 세상에서 제일 좋은 와인이란 없다."

그렇지. 그렇겠지. 세상 모든 아름다운 것들이 그러하듯 말이다. 제일 좋은 희망이라는 것도 없고, 제일 좋은 용기도 없으며, 제일 좋은 사랑이라는 것도 없다. 그것은 그 자체로 제일 좋은 것들이니깐.

『슬픈 날엔 샴페인을』 읽었다. 슬픈 날이기는커녕 내 인생 중 가장 즐겁고 행복한 날에 이 책을 손에 들었다. 2018년 6월 일본에서의 첫 전시를 위해 집을 떠나기 하루 전이었다. 모든 전시회 준비가 그렇듯 한동안 미친 사람처럼 살았다. 우여곡절 끝에 모든 준비가 끝났다. 이제 여기서는 더 할 일이 없다는 것을 떠올리고 소파에 몸을 던졌다. 언제 앉아봤는지 기억도 나지 않는다. 내일 이 시간이면 나는 후쿠오카 전시회장에 있을 것이다.

탁자 위에 올려둔 여권을 보니 가슴이 뛰었다. 올림픽 스타디움에서 출발 총성을 기다리는 단거리 선수의 심정이랄까. 그때 나는 생각했다. 샴페인이 필요한 시간, 그리고 그런 시간을 가질 수 있는 인생. 순간 행복감에 휩싸였다. 이런 행복감 속에서 왜『슬픈 날엔 샴페인을』이라는 제목에 눈길을 던졌을까? 어쩌면 '메멘토 모리Memento mori' 와 비슷한 뜻일지도 모른다고 생각했다.

"전쟁에서 승리했다고 우쭐대지 말라. 오늘은 개선장군이지만, 너도 언젠가는 죽는다. 그러니 겸손하게 행동하라"는 각성의 용도처럼.

『슬픈 날엔 샴페인을』의 저자 정지현 씨는 와인 산지로 유명한 캘리포니아 나파 밸리에 살고 있는 와인 칼럼니스트다. 와인 책이지만 눈이 튀어나올 만큼 비싸고 희귀한 와인들을 보란 듯이 권유하거나 와인에 대한 지식을 우쭐대며 늘어놓는 그런 류의 책이 아니다. 와인을 설명하면서 이런 기상천외한 비유들을 갖다 붙이는 책은 처음 봤다. "화이트와인이 콩나물국이면, 레드와인은 된장국"이라니. 정말 개구쟁이 같은, 그런 느낌의 책이다. "김치를 먹기 위해 훨씬 더 많은 비용을 지불하지 않는 것처럼 와인에도 큰돈을 쓸 필요가 없다"는 것이 저자의 생각이다. "와인은 주관적인 음식"이라는 표현이 좋았다. 와인은 물론 아는 만큼 즐길 수 있는 음료이지만, 음료를 마시는 데 심각하거나 신중해야 한다면, 그것이 오히려 이상한 일이라는 말에 공감했다.

첫 일본 전시회를 앞두고 조금은 긴장하고 있던 나에게 이 책은 위로와 자신감의 메타포로 다가왔다. "이 세상에서 제일 좋은 와인이란 없다"라는 문장에서 '와인' 대신 '그림'을 넣어도 충분하겠다는 생각이 들었다. '그렇지. 세상에 제일 좋은 그림이란 게 어떻게 존재할 수 있겠어. 내게는 나만의 표현이 있고, 그것으로 충분하지.' 도취陶醉! 좋은 문장은 마치 술과 같아서 사람을 이리도 기분 좋게 고무시킨다.

와인은 그림과 여러모로 닮았다. '어떤 와인이 좋은 것이며, 어떻게 마셔야 하냐'는 질문과 똑같이, '어떤 그림이 좋은 것이며, 어떻게 감상해야 하는지' 사람들은 늘 묻는다. 나는 그런 질문에 늘 장황했다. 하지만 이젠 『슬픈 날엔 샴페인을』처럼 아주 심플하게 대답해 줄 수 있겠다. "자신이 가장 좋아하는 그림이 제일 좋은 그림이야!"

훌륭한 와인을 만드는 조건은 우수한 포도알이라고 한다. 햇빛과 흙과 물 그리고 그에 맞는 기후가 모두 중요하다. 다양한 환경 변화 속에서 포도알이 자라난 곳의 기억과 비밀과 추억이 포도알에 거울처럼 비춰지는 것을 상상했다. 일본 전시회 내내 내 머릿속엔 포도알이 이리저리 굴러다녔다. 한국으로 돌아오자마자 붓을 들었다. 훌륭한 샴페인은 꿀이나 이스트, 초콜릿과 버섯 같은 향, 사과와 레몬, 딸기와 멜론, 체리, 자두 같은 과일 맛을 느낄 수 있는 것처럼 포도 한 알에 나만

포도알의 비밀

45×38cm Oil on Canvas 2018

의 다채롭고도 비밀스러운 세계를 표현하고 싶었다.

'포도알의 비밀'이라는 제목부터 생각났다. 캔버스에 우선 동그라미 하나를 그려놓고 내가 겪어온 온갖 성장의 기억들을 끄집어내어 물감으로 칠했다. 모두 비밀스러운 나만의 기억이기에 추상적으로 표현됐다. 동그라미는 물론 포도알의 형상이지만, 내가 보고자 하는 다른 세상이기도 하다. 포도 한 알이 겪어야 했던 모든 일들. 말하자면 햇빛과 바람이 준 행복. 달빛의 외로움. 부드럽던 농부의 손길과 노랫소리. 그리고 무엇보다 으깨짐! 그로부터 시작되는 발효! 나는 포도알이 간직한 그 모든 이야기를 그리고 싶었다.

그렇게 한 잔의 와인이 된 포도알의 기억은 어느 행복한 사람의 뛰는 가슴이나 슬픈 사람의 입술에 가서 닿을 것이다. 인생의 가장 내밀한 순간, 가장 비밀스럽게 말이다. 이 또한 그림과 같다. 눈에 보이는 것, 그 너머의 세계를 보고 싶을 때마다 내가 그림 앞에서 가장 내밀한 이야기들을 토로하는 것처럼.

그림을 그리거나, 책을 읽거나, 글을 쓰거나, 와인을 음미하고 있다면 그때의 시간은 '길이'가 아니라 '깊이'가 된다. 책에는 시인 마리오 베네데티의 말을 인용하는 대목이 나온다.

"5분이면 인생 전체를 꿈꿀 수 있다. 시간은 그렇게 상대적이다."

내가 그려놓은 포도알의 시간 속에서 나는 다시 행복한 나를 꿈꾼다.

"가슴을 울리는 이야기, 편안한 눈빛을 주고받고 있는 지금, 우리 앞에 놓인 그 와인이 바로 가장 좋은 와인이다."『슬픈 날엔 샴페인을』은 와인에 관한 이야기지만 사람의 인생과 행복의 비밀도 함께 알려준다.

삶 깨기 전에 삶은
꿈이다

마음아, 넌 누구니
_박상미

"으앙~"

아침에 방문을 열고 나온 일곱 살배기 아들이 굵은 눈물을 흘렸다. 깜짝 놀라 "왜 우냐?"고 물었다. 다행히 어디가 아프다는 대답은 아니었다.

"무서운 꿈을 꿨어."

아들은 자신의 꿈속 경험을 실제처럼 상세하게 이야기했다. "꿈이니까 괜찮아"라며 아들을 꼭 껴안아 주었다. 그제야 아이는 자신이 겪은 일이 현실이 아님을 깨닫고 멋쩍게 웃는다. 그 모습이 귀여워 "사내 대장부가 꿈꾸다 울고 그러니?"하고 놀리려다 그 말은 삼킨다. 아들의 젠더 감수성에 좋지 않은 말이겠다는 생각이 들어서다. 누구든 무서운 꿈을 꿀 수 있다. 다 큰 어른도 무서운 꿈은 무섭다. 다만 어른은 자신의 감정에조차 솔직하지 않을 뿐이다.

사실 무서운 꿈도 있지만, 행복한 꿈도 있다. 이런 꿈은 '이것이 제발 꿈이 아니길……'이라고 비는 순간에 기어이 깨고 만다. 그럴 때는 꿈도 유료였으면 좋겠다. 카드 결제를 하고 꿈속의 행복을 계속 이어갈 수 있으니. 반대로 인생 살다 보면 '이게 제발 꿈이었으면……' 하고 빌고 싶은 힘든 순간들도 있다.

놀랍게도 실제로 그게 이루어졌던 경험이 있다. 출산의 고통을 온몸으로 느낄 때 나는 그것이 꿈이기를 바랐다. 그리고 잠시 후 태어난 아이의 눈망울을 보는 순간 정말 꿈만 같았다. 아니 꿈이었다. 내 영혼의 시원으로부터 꾸어왔던 꿈. 그 한없는 꿈이 내 품에 안겨 있었고, 아이가 태어난 이후 나는 아직도 이 행복한 꿈에서 깨지 않았다.

꿈에 대해 생각하다가 문득 이런 생각이 들었다. '현실과 꿈을 내 마음대로 선택할 수 있다면 어떨까?' 마음치유 전문가 박상미 박사의 『마음아, 넌 누구니』는 '셀프 마음치유 안내서'다. 이 책은 이론적이거나 관념적이지 않다. 저자 스스로가 청소년기부터 오랫동안 우울증을 앓았는데, 결국 그것을 이겨냈다고 한다. 그래서인지 독자와 동병상련하는 그 공감의 힘이 뚜렷하고 크다. 책을 읽다 보면 방송에서 들었던 그 특유의 부드럽고 나지막한 목소리로 "그래, 얼마나 힘들겠어요. 당신의 아픔, 나도 너무 잘 알아요"라고 위로해주는 것만 같다. 박상미 박사의 문장 하나하나는 사람을 꼭 껴안아 준다. 따뜻하게 폭 안기는 그 느낌은 형언할 수 없을 만큼 좋아서, 때때로 기이한 느낌까지 든다. 사람이 글자와 문장에 안길 수 있다니……

『마음아, 넌 누구니』는 '마음 사용 설명서' 같은 책이다. 마음의 상처는 당장 눈에 보이지 않고, 그래서 남에게 들키지도 않으니 그냥 덮어두는 경우가 많다. 피가 터지고 뼈가 부러졌다면 내가 아니더라도 누군가는 나를 병원으로 실어나를 것이다. 하지만 마음속 상처가 아무리 깊은들 그것을 내가 감추고 말하지 않으면 누가 알겠는가? 그러니 마음 치유에서는 '셀프 치유'가 필수다.

여기서 셀프 치유는 근거 없는 민간요법 같은 것을 뜻하는 게 아니다. 자신이 가진 마음의 상처를 상처로 인식하는 것을 의미한다. 자신에게 문제가 있다고 인식해야 비로소 그에 맞는 대처를 시작할 수 있다. 세상에 마음속 상처가 하나도 없는 사람은 없다. 그러니 부끄러워할 필요 없다. 이는 '치료'라기보다 '보살핌'에 가깝다. 스스로 늘 보살피다가 문제가 있다고 판단하면 지체 없이 전문가를 찾아가 치료를 받으면 된다. 복잡할 것도 없다. 간단하다.

지난 과거를 후회하며 자신을 용서하지 못해 괴로워하는 사람들에게 저자는 "흘러간 과거는 돌이킬 수 없는 전생과 같다"고 말한다.

후회하면서 과거 속에 갇혀 사는 일은 전생에 갇혀 사는 것과 같다. 사람들은 꿈을 깨기 전까지는 꿈을 삶이라고 착각한다. 이 책은 꿈에서 깨어나 오늘의 삶을 살아야 한다고 말한다. 그렇다. 불가능한 것을 원하는 것은 바보짓이다. 아무도 과거로는 돌아갈 수 없다. 다만 지금을 살 뿐이다. 그렇다면 중요한 것은 오직 오늘뿐이다.

'마음아, 넌 누구니'라는 책 제목처럼 나는 '마음'을 살아있는 존재로 생각하고 바라보고 싶어졌다. 도대체 마음이 무엇이기에 나의 모든 것을 장악하고 있는지 너무나 궁금했다. 내가 아이의 꿈 이야기에 귀 기울여주듯, 이제 내 마음이 하는 이야기를 경청해 주고 싶었다.

나는 이렇게 질문했다. '지금 나의 마음은 어떤 이야기를 하고 싶은가?' 내 마음에 스포트라이트를 비추고, 카메라 초점을 맞춘다. 마이크도 가까이 대본다. 내 마음과의 인터뷰다. 새하얀 캔버스 위에서 인터뷰를 진행한다. 그 누구도 아닌, 나로부터 조명을 받고 관심을 받는 내 마음의 모습을 그리기로 했다.

쉽지 않다. 부끄러운 마음은 자꾸 숨어 버리려고 한다. '네가 이리로 오지 않아도 나는 이제 물어볼 거야!' 이렇게 소리치듯 나는 무작정 붓을 들고 그리기 시작했다. 내가 무엇을 그리게 될지 몰랐다. 붓은 비유적 의미가 아니라 실제로도 마법의 도구다. 나를 여기저기 데리고 가기도 하고, 어두움이나 빛 속에 넣기도 하고, 아프게도 하고 치유도 해준다. 무의식에 의해 그려진 것이 대체 무슨 욕망인지, 아픔인지, 감

셀프 치유

40x40cm Oil on Canvas 2018

상인지…… 잘 모르겠다.

우리는 육체에 불필요한 세포가 있으면 제거를 한다. 마치 그것처럼 마음에도 그런 수술법이 있으면 좋겠다. 내 그림에서 빛이 쏟아지는 것과 같은 표현은 내 마음에 관심을 갖는 조명일 수도, 과거에 집착하는 무의식을 제거하는 '현재'라는 빛일 수도 있다. 현재의 빛이 아주 밝으면, 과거의 악몽은 보이지 않을 것이다. 내가 흰 물감으로 칠하는 부분이 흐려지거나 지워지는 것처럼 말이다.

"그렇게 소중했던가 / 그냥 두고 올 생각은 왜 못했던가 / 꿈 깨기 전에는 꿈이 삶이고 / 삶 깨기 전에 삶은 꿈이다."

이성복의 시 「그렇게 소중했던가」의 이 구절은 내가 사는 지금의 시간이 꿈이든 현실이든 후회 없이 살라고 알려준다. 마음을 잘 살피면서 말이다. 나에게 무엇이 제일 소중한 것인지를 떠올리자 곧 벅찬 행복감이 밀려온다.

3.

기어이
함께 살아 봐요

그리워하는
동안만은
우린 분명히
살아있다.

온몸으로 듣는
심장이 하는 말

거짓말이다
_김탁환

"여기, 심장이 하는 말을 듣게 돼. 귀가 아니라 온몸으로 들리지."

김탁환의 『거짓말이다』는 세월호 사건을 모티브로 한 소설이다. 목숨을 걸고 맹골수도의 심연으로 들어가 아이들 시신 하나하나를 가슴에 안아 건져 올렸던 고故 김관홍 잠수사를 주인공으로 한 작품이다. 저 주인공의 대사처럼, 책을 읽는 동안 나는 심장이 하는 말을 몸으로 듣기 위해 눈을 감았고 감각을 집중했다. 심장의 소리가 이미지가 되어 내 영감에 붙잡힐 때까지.

'심장은 생명이다. 심장은 거짓말을 하지 않는다. 만약 거짓말을

한다면, 그것은 더이상 심장도 아니다.'

그때 눈을 감고 떠올렸던 문장이다. 우선 꽃 같던 아이들의 그 빛나던 생명의 시절을 상상했다. 저 검은 바다에 손을 뻗어 담그고 싶어졌다. 김관홍처럼. 그가 꺼진 생명 하나하나를 가슴에 끌어안아 올려냈듯이, 나는 그림으로 아이들을 안아주고 싶었다. 눈을 겨우 떴다. 그제야 붓을 들 수 있었다.

포옹은 심장을 안아주는 것이다. 서로의 가슴을 맞잡아 포옹을 한 사람들이 꽃과 같은 모습으로 우주 속에서 다시 피어나게 하고 싶었다. 남은 생명과 떠난 생명 사이에서 숨 쉬는 우주, 기억, 넋, 사랑. 내 붓끝이 향한 곳이다. 그림의 제목은 '함께'로 정했다. 고 김관홍 씨가 살아생전 좋아했고, 또 즐겨 썼던 단어란다. 어쩌면 '함께'는, 그가 그토록 염원하던 진실한 세상, 절절하던 그의 삶, 죽음을 통해 우리 모두에게 던져주려 한 말……, 이 모든 것을 담은 단어가 아니었을까.

내 그림 속에 등장해야 하는 사람의 형상은 'Circle'(원형)이어야 했다. 그림을 이리저리 돌려도 위치만 바뀔 뿐, 원형처럼 굴러가는 모양은 내가 그들일 수 있고 그들이 나일 수 있는, 생명의 평등함을 이야기한다. 이승과 저승을 관통해 우주 속에서 부유하더라도, 서로의 심장을 어루만지며 부둥켜안고 있는 사람들은 더없이 밝고 아름다운 빛의 덩어리처럼 보일 것이다. 그것이 바로 생명의 빛이기 때문이다.

함께
—
61×72.5cm Oil on Canvas 2016

『거짓말이다』는 '포옹하는 인간' 김관홍을 이야기한다. 여기에서 소설은 '무엇을 포옹'했는지가 아니라 '포옹'이라는 행위 그 자체를 자주 상기시킨다. 보이지 않는 바닷속에서, 보이지 않는 아이들을 가슴에 안아 올림으로써, 눈에는 보이지 않는 인간의 가치를 실현시키는 것. 나는 이 모든, '보이지 않는 것'들을 내 그림으로 꾸역꾸역 '보여주고' 싶었다.

"저 불빛이 마지막 거짓말이 되지 않게 해 달라고 (…) 저것까지 거짓말이면 어둠이 정말 길고 깊지 않겠어?"

소설 속 문장처럼 나의 심장은 그림을 그리는 내내 아주 길고 깊은 어둠을 조각조각 가르고 있었다.

저마다 자신만의
눈동자가 있다

"산타클로스가 정말 있나요? 가르쳐 주세요."

1897년, 당시 여덟 살 난 미국 소녀 버지니아는 뉴욕의 「선」The Sun 지에 이렇게 편지를 쓴다. 이 편지를 받은 신문사는 신문 사설로 답을 해 주기로 결정했다. 이 사설은 경험 많고 지혜로운 프란시스 처치 기자가 쓴다.

"버지니아야, 산타클로스는 있단다. 산타는 이 세상에 사랑과 관용과 헌신이 있는 것만큼 확실히 존재한단다. 네가 알듯이 그런 것들은 우리 주위에 넘쳐 나고 네 생활에 아름다움과 즐거움을 선사하지 않니. (…)."

이런 내용을 담은 사설은 이후 이 신문사가 폐간될 때까지 50년간 매년 크리스마스에 실리게 된다. 이것은 오늘날까지 세계 언론 역사상 가장 유명한 사설 중 하나다.

2016년 크리스마스 시즌을 앞두고 출간된 『BOB DYLAN－아무도 나처럼 노래하지 않았다』는 음악평론가이자 싱어송라이터 구자형 씨가 2016년 노벨문학상 수상자 밥 딜런의 삶과 철학, 그리고 음악 발자취를 따라간 책이다. 작가가 평생에 걸쳐 사랑한 뮤지션이어서 그런지 확실히 이해 수준이 남다르다. 구자형은 밥 딜런을 "신의 눈동자를 갖고 노래한 사람"으로 표현한다. 이 대목에서 밥 딜런의 시선을 사유했다. 나는 평생토록 그의 노래를 들으며 그의 입만을 보았다. 어쩌면 당연한 일이었을 것이다. 그는 노래하는 사람이었으니까. 구자형의 문장은 내 모든 감각을 열었다. 이 책을 읽으며 밥 딜런의 세계를 보고, 만지고, 맛보고, 냄새 맡았다.

신의 시선? 그래, 그것은 가장 적확한 표현이었다. 숭배를 위한 단순한 미사여구가 아니었다. '바람만이 알고 있는 대답'을 듣고 세상에 전해 줄 수 있었다면, 밥 딜런은 이미 봤던 것이다. 구자형은 그에 대해 이렇게 적고 있다.

"그에게는 언젠가 사라질 것들의 품에 안겨 지내기보다는, 보이는 바람 부는 길 위에서의 보이지 않는 바람 부는 길을 찾고자 했던 것이다."

이 대목에서 나는 생각했다. '화가인 나는 대체 어떤 눈동자를 가져야만 그의 시선이 머문 곳을 그림으로 표현할 수 있을까?' 눈을 감고 마음으로 밥 딜런의 시선이 머물렀던 곳들을 따라갔다. 끔찍한 세상의 모든 고통과 슬픔들이 보였다. 보고 싶지 않았다. 볼 용기가 없었다. 밥 딜런의 목소리는 마치 크고 서늘한 손처럼 내 볼을 감싸고는 고개를 돌리지 못하게 했다. 그리고 그는 나에게 물었다. '이 세상에서 가장 끔찍한 비극은 뭐냐?'고.

'끝없는 전쟁에 끝없이 희생되는 아이들.' 그의 물음에 대한 나의 대답이었다. 그리하여 나는 붓을 들었다. 인간의 탐욕은 끝이 없고, 그래서 전쟁이 없어지지 않는 거라면, 차라리 사람을 죽이는 전쟁 무기들이 모두 마법에 걸렸으면 좋지 않을까. 장난감 탱크와 총을 가지고 놀고 있는 내 아들을 보면서 생각했다.

'어쩌면 내 아이의 눈에는 저 총구로부터 팝콘과 아이스크림이 튀어나오고 있을지 몰라.' 어린 시절의 내가 그랬다. '맛있겠다!' 거대한 핵폭발 사진이 꼭 거대한 아이스크림처럼 보였다. 그때의 이미지를 붙잡았다. 핵이 폭발하는 순간 그 끔찍한 불기둥과 연기가 초코 시럽이 올라간 거대한 아이스크림으로 변한다. 그 폭발로 수많은 파편이 젤리와 사탕으로 변해 사방팔방 떨어진다. 수풀 속에서 갑자기 나타난 탱크의 포신에서는 달콤한 팝콘이 발사된다. 중무장한 군인의 총구에서

Knockin' on Heaven's Door

61x72.5cm Oil on Canvas 2016

는 달콤한 시럽까지 뿌려진 폭신한 마시멜로가 튀어나온다.

길 한가운데에서 평화롭게 기타를 들고 노래하는 그림자. 밥 딜런의 노래가 울려 퍼지자, 지옥 같은 전장이 순식간에 '아이들의 천국'으로 변한다. 이 그림의 제목은 'Knockin' On Heaven's Door'(천국의 문을 두드리다)로 정했다. 이 노래에 나오는 천국Heaven은 죽음을 뜻하지만, 내 그림에서는 아이들이 꿈꾸는 천국이다. 아이들이 천국의 문을 두드리면 세상 모든 달콤한 것들이 하늘에서 떨어진다.

"산타클로스가 정말 있나요?" 119년 전, 한 소녀의 물음에 대해 대답해야 할 의무는 프란시스 처치와 밥 딜런을 거쳐 이제 내 앞에 놓여 있다.

"보이지 않는다고 해서 결코 없는 것이 아니야. 믿음과 희망, 용기, 그리고 산타클로스처럼 사람에게 가장 아름답고 중요한 것들은 오히려 눈에 보이지 않는단다. 우리는 그것들을 가치라고 부르지!" 어린 아들에게 나는 이렇게 말해 준다.

"가치가 바로 아이스크림이란다."

아픔이
아픔을 치유한다

"엄마는 가끔씩 자살을 시도했고, '건강히 잘 지내!'라는 짧은 메모
만 남기고 훌쩍 집을 나가 버리곤 했다."

일본의 정신과 의사 나쓰카리 이쿠코가 쓴 자전 에세이 『사람은
사람으로 사람이 된다』에 나오는 문장이다. 저자는 이 책을 통해 조현
병을 앓았던 어머니, 그로 인해 심한 마음의 병을 겪은 자신의 인생을
이야기한다.

어린 시절 어머니의 가출과 자살미수는 반복됐고, 아버지는 가정
을 돌보지 않았다. 그리고 이런 가정환경 속에서 성장한 저자에게도
비정상적인 정신 성향들이 드러나기 시작한다. 불우한 가정환경이 원

인이 돼 학교에서는 왕따가 된다. 저자는 자신이 처한 절망적인 상황을 벗어나기 위해 미친 듯이 공부한다. 그리고 의대에 입학한다. 하지만 의대생이 된 이후에도 정신적 고통에서 벗어나지 못한다. 알코올 의존, 섭식장애, 자해와 자살미수가 이어진다. 결국 자신이 속한 의대 병원의 환자가 된다. 마치 영원히 탈출할 방법이 없는 고통의 감옥에 갇힌 것만 같다.

그렇다면 이런 암흑과도 같은 삶에 전환점을 만들어주고, 그녀를 구원해 준 것은 누구였을까. 놀랍게도 저자는 자신의 '환자'들이었다고 말한다. 사람에게 받은 슬픔, 사람과의 관계에서 생긴 미움과 허무함, 이 모든 정신적 고통이 '사람과의 관계'를 통해 회복됐다는 것이다.

저자가 만났던 사람 중에는 조현병을 앓고 있는 '거북씨'가 있었다. 저자의 강연을 들으러 온 그가 오히려 그녀에게 진정한 자신감을 주었다. 그는 그녀에게 편지를 보내곤 했는데, 이런 내용이 들어 있었다.

"지금 내가 바라는 것은 '병으로 얻은 부정적인 힘을 잃지 않는 것'입니다. 부정을 긍정으로 바꾸기 위해 안간힘을 쓸 필요는 없다고 생각해요. 부정적인 요소도 안고 있는 것은 자신이 지금 행복해도 타인의 불행에 공감할 수 있는 토대가 되기도 하니까요."

'자신의 정신적 고통을 통해 타인을 공감할 수 있다'는 그 말은 정말 놀라웠다. 타인에게 공감하는 사람의 능력은 과연 어디에서 오는 것일까 궁금해졌다. 인간이 느낄 수 있는 가장 절망스러운 상황조차, 오히려 삶을 긍정할 수 있는 계기로 전환할 수 있다는 깨달음. 이렇게 저자는 다른 사람도 아닌 바로 자신의 환자들을 통해 자신이 치유되는 경험을 한다.

나에게도 비슷한 일이 있었다. 아들이 여덟 살 무렵 손가락에 작은 상처가 났다. 내가 치료를 해주고 있는데, 아들이 갑자기 누구를 향하는지 알 수 없는 말을 했다. 잘 들어보니, 아들은 자기 손가락에 난 상처에 이름을 붙여주고, 마치 친구처럼 대화를 하고 있었다. 아들에게 이유를 물었다. 상처가 아프긴 하지만 모양이 귀엽다고 대답했다. '델몬트'라는 이름이 귀여운데, 자신의 상처와 잘 어울려서 그렇게 부르기로 했단다. 나는 아이의 대답에 박장대소를 터뜨렸다. 아이의 말은, 아름다운 모든 것으로만 이루어진 천국의 말과 같다는 생각이 들었다. 이후 아이에게 "너의 델몬트는 어떠니?"라고 물어보곤 했다. 나는 생각했다. 나와 함께할 수밖에 없는 그 무엇이 있다면, 그게 무엇이든 모두 '잘 대해 주자'고.

조현병의 여러 증상 중에는 망각, 환각, 이해하기 힘든 혼란스러운 언어사용 등이 있다. 우리가 사는 이 세상을 현실이라고 생각하는 것처럼 조현병 환자는 자신이 보고 듣는 그것을 바로 현실이라고 굳게 믿을 것이다. 저자는 조현병을 앓았던 자신의 어머니가, 고통의 근원이었던 그 어머니가, 이제는 세상에서 가장 존경하는 사람이라고

그녀의 그림

53×45cm Oil on Canvas 2019

말한다.

그녀의 어머니가 보고 들었던 이미지와 소리를 우리로서는 알 수 없지만, 영원히 알 수 없기에, 우리가 마음껏 그녀의 세계를 상상할 수도 있겠다고 생각했다. 나는 저자의 어머니가 자신의 우주 속에서는 늘 아름다운 꽃을 피웠을 것이라 상상했다.

세상 모든 것이 모두 나를 사람으로 만들어 주는 것이란 깨달음을 이 책을 통해 얻었다.

위기의 공유에
담긴 희망

이토록 멋진 마을
_후지요시 마사하루

"재미난 곳이네요."

이렇게 말을 걸자 의외의 답이 돌아온다.

"모두 다 망했으니까요."

저자가 후쿠이를 취재하는 동안 "재미난 곳이네요"라고 이야기할 때마다 돌아온 대답이라고 한다. 일본의 논픽션 작가이자 사회운동가 후지요시 마사하루가 쓴 『이토록 멋진 마을』은 후쿠이현이라는 흥미로운 한 변방 소도시에 대한 심층취재 리포트다. 인구 79만 명에 불과한 후쿠이현은 일본의 도시와 지역 중에서 주민 행복도가 늘 1위인 곳이다.

일본에서 가장 빨리, 거의 모든 산업을 중국에 추월당한 지역이 바로 후쿠이현이었다. 이로 인해 인구감소, 저출산과 고령화, 재정난 등의 사회적 위기를 가장 먼저 체감할 수밖에 없던 지역이었다. 저자는 "후쿠이의 역사는 패배의 역사라고 해도 과언이 아니다"라고 말한다. 오늘날 후쿠이는 모든 위기를 극복했다. 저자는 이런 자력 재생의 원동력이 '위기의 공유'에서 시작된 것이었다고 분석한다.

나는 '공유'라는 말에 방점을 찍었다. 문득 내 작업실 문밖에 버려진 화분이 떠올랐다. 화초가 죽어 흙만 남아 있던 그 화분에 어디선가 씨앗이 날아왔다. 어느 날 보니 무성하게 자란 푸른 이파리들이 화분을 가득 채우고 있었다. 주인의 관심에서 벗어나 초라하게 방치되었던 화분에서 이름 모를 녀석들이 비와 바람을 먹고 계절을 이겨내며 자라났다.

'흙과 씨앗은 소멸의 위기를 공유했고, 상호 반응했다. 그러다 어느 날 스스로 존재가치를 드러낼 수 있는 특이점까지 도달한 것이 아닐까? 후쿠이처럼 말이다.' 내 머릿속에 이런 문장들이 지나갔다. 후쿠이의 행복한 성장에는 생태계와 똑같은 원리가 깃들어 있다.

후쿠이라는 공동체가 스스로 일군 희망에 관한 이야기들을 읽다 보니 '부화孵化'라는 단어가 떠올랐다. 동물의 새끼가 알을 깨고 밖으로 나오는 것을 일컫는 말이다. 나는 이 동물성의 단어와 무성한 잎과 가지와 뿌리로 자라나는 커다란 나무의 식물성을 동시에 떠올렸다.

'부화하는 나무incubation tree'라고 단어를 조합하자 그 이미지가 회화적으로 떠올랐다. 열매가 맺히듯 나무에서 우리의 온갖 희망과 행복이 열리면 얼마나 좋을까 상상했다. 곧장 세상을 품은 커다란 나무를 스케치하기 시작했다.

희망이라는 태양 아래에서 나무는 모든 것을 부화한다. 햇빛을 잡은 아이의 손, 빛으로 만든 그네를 타는 아이. 그 아이는 부화하는 나무의 주인이 된다. 여기서 나무의 상징은 공동체다. '부화하는 나무', 그것의 푸른 풍요로움은 잔뿌리들, 가지들, 잎사귀 하나하나, 그 모두의 공존으로 완성된다. 인간이 모여 만든 공동체 역시 이와 다르지 않을 것이다. 수없이 많은 것들이 모여 하나가 되어야만 결국 아름다워지는 자연의 섭리처럼.

'행복은 무엇일까?' 이와세를 전통과 예술이 흐르는 거리로 만든 한 가게 주인의 행복론은 책장을 덮고 나서도 자꾸 떠오른다. "자신이 할 수 있는 것을 누군가에게 나눠 줘 '덕분에 도움이 됐다'고 기쁘게 만드는 일이야말로 스스로 존재가치를 증명하는 최고의 기쁨입니다."

『이토록 멋진 마을』은 바람이었다. 이 바람이 내 앞에 희망의 씨

부화하는 나무

65.1×53cm Oil on Canvas 2016

앗을 하나 날려 보내주었다. 나는 지체 없이 그것을 줍는다. 이제 나의 캔버스는 빈 화분이다. 씨앗에 '부화하는 색色'을 입혀 캔버스에 흩뿌린다. 젖과 꿀처럼 곧 우리의 행복이 흐드러질 것이다.

누구나 쓸 수 있는
왕관

왕의 도주
_주명철

주명철 교수의 '리베르테Liberte' 시리즈 제5권 『왕의 도주』가 출간됐다. 평생 프랑스 혁명과 앙시앵 레짐(구체제)을 연구하며 학자이자 교육자의 길을 걸어온 역사학자 주명철 교수. 그는 대학에서 정년퇴직한 직후 2015년 12월부터 프랑스 혁명사를 정리해 펴내고 있다. 전체 10권으로 이루어진 이 방대한 작업이 이제 제5권을 세상 밖으로 내놓음으로써 반환점을 돌았다.*

책을 읽는 내내 거대한 화면으로 영화를 보는 듯한 느낌이었다. 장

---

* 주명철 교수의 '프랑스 혁명사'(총 10권)는 2019년 10월 완간되었다.

대한 스토리 전개와 눈이 시릴 만큼 디테일한 장면 묘사는 가히 압권이다. 시공간을 넘어 1789년 프랑스에서 일어났던 혁명의 과정을 직접 목격하는 듯한 생생함 때문에 책을 읽으며 종종 소름이 돋았다.

이러한 스펙터클이 이 역사책의 전부는 아니다. 주명철 교수의 '프랑스 혁명사 10부작'은 226년 전 프랑스에서 일어났던 인류 문명의 대역사를 마치 거울처럼 만들어 우리 앞에 정면으로 세워놓는다. 저자는 프랑스 혁명 당시에 벌어졌던 수많은 사건 하나하나의 의미를 되짚어가며 우리가 사는 이 시대 민주주의를 투영하고 반사시킨다. 작가의 열정이 고스란히 독자의 폐부로 전이된다. 이 때문에 책을 읽는 내내 혁명 전사처럼 가슴이 뜨겁다.

1791년 6월 하순 프랑스의 왕 루이 16세는 가족을 데리고 도주 행각을 벌이다 작은 마을 바렌에서 붙잡힌다. 주민들과 국민방위군은 왕의 마차를 가로막는다.

"국민은 왕에게 2400만 리브르나 주면서 잘 보호해 줬는데, 왕은 국민을 버리려 하다니, 참으로 이상한 일이군."

왕의 도주를 막아서며 한 주민이 투덜댄 말이다. 국민을 버리고 도망치다 잡힌 프랑스의 왕. 국민의 신뢰를 배신하고 탄핵당해 구치소에 갇혀 재판을 기다리는 한국의 대통령. 역시 역사는 선線이 아니라 원圓이다.

왕관은 권력의 정점을 상징한다. 나는 문득 루이 16세가 도주할 때 그 왕관을 어떻게 했을지가 궁금해졌다. '도망치는 왕관이라니……. 왕이 그 번쩍거리는 것을 머리에 쓰고 있었다고 해도, 도대체 그것이 왕관이긴 했을까?'

나는 붓을 들어 캔버스 중앙에 커다란 왕관을 그렸다. 누군가가 그 왕관을 쓰고 있다. 하지만 왕관은 이미 왕의 것이 아니다. 극진한 환영과 영접의 뜻을 지녔던 레드카펫도 더 이상 왕의 걸음만을 위한 것이 아니다. 내 상상 속에서 그 붉은 길은 시민의 자유와 민주주의를 상징하는 혁명의 길로 의미 전환된다.

이제 나의 화폭 속에서 왕관을 쓴 시민들이 거리를 누비고 있다. 각자의 개성을 살린 다양한 모양의 왕관이다. 남녀와 노소, 인종과 신분에 관계없이 자유롭고, 평등하게 왕관을 쓰고 있다. 시민은 왕관을 누리고 즐긴다. 국민이 곧 국가인 체제에서 왕관은 주권의 상징이다. 다시 반짝거리는 왕관들. 그림 속에 수많은 '왕관을 쓴 군중들'을 그려 넣고 나니, 그 속에서 아주 낯익은 인물 하나가 서 있는 것이 보인다. 생텍쥐페리의 어린 왕자다. 도망치는 루이 16세를 지켜보는 어린 왕자를 상상한다.

"사람들은 급행열차에 올라타지만 자기가 무엇을 찾으러 떠나는지 몰라. 그래서 법석을 떨며 제자리에서 맴돌고 있는 거야."

왕관의 거리

72x60.5cm Oil on Canvas 2017

어린 왕자는 다시 한번 이 말을 중얼거렸을지도 모른다. 나도 얼른 왕관 하나를 집어 들어 머리에 쓰고는 어린 왕자에게 말했다.

"우리의 것이 된 왕관을 다시 빼앗아 쓰려 한, 오만방자했던 공주를 우리가 잡아 가뒀어. 그러니 이제 다시 시작이야."

무엇을 위해
정의로울 것인가

응급의학과 곽경훈입니다
_곽경훈

"인간은 어디에 속하나? 인간은 포유류에 속하잖아. 그리고 포유류는 폐호흡을 하지. 양서류처럼 피부호흡을 하는 경우는 극히 드물어."

처음엔 이 대목을 읽으며 무슨 소린지 몰라 당황스러웠다. '드물다고? 그럼 피부호흡을 하는 인간도 있긴 하단 건가? 정말?' 순간 내 머리엔 수많은 물음표가 주렁주렁 열렸다. 물론 이어지는 문장을 읽으며 내 머리 위 물음표들이 'ㅋㅋㅋㅋㅋ'로 바뀌었지만 말이다.

"오늘 밤늦게 돌아왔을 때 기관내관이 막혀 있거나 분비물을 제대로 제거하지 않아 환자 상태가 나빠져 있으면 아마도 너는 피부호흡으로 살 수 있는 특별한 인류라서 환자에게도 그랬다고 생각하고 너한테 기관 내 삽관한 다음 기관내관 끝을 밀봉할 거야."

조폭 영화의 한 장면이 떠올랐다. '똑바로 해라! 확 죽여 벌랑께~' 라며 부하를 으르는 험악한 두목의 얼굴.

'활극'은 싸움이나 도망, 모험 따위를 주로 하여 연출한 영화나 연극을 이르는 단어다. 그런데 활극이 책으로, 그것도 소설이 아닌 에세이로 구현된 것을 보는 건 이번이 처음이다. 『응급의학과 곽경훈입니다』를 굳이 분류하자면 '메디컬 활극 에세이'로 명명할 수 있겠다. 응급실에서 이제 막 병원 생활을 시작한 인턴에게 인공호흡기로 숨 쉬고 있는 환자의 호흡기 관리를 강조하며 저자는 저런 어법을 구사하고 있었다. 나는 저런 말을 듣고 있는 인턴의 입장이 돼보았다. 최소한 환자의 호흡기 관리만은 죽을 때까지 절대로 잊을 수 없을 것이다.

화가인 내가 후배를 가르치며 저런 어법을 구사한다면 어떨까, 한 번 상상해 보았다. "캔버스에 너를 붙여놓고 유성페인트로 액션페인팅 한번 해줄까?" 이런 식으로 말해 볼까? 순간 웃음이 흘러나왔다. 내 입장이 돼 생각해 보니, 과연 저런 것은 아무나 할 수 있는 어법이 아니었다. 상대가 나를 절대적으로 신뢰하고, 그 전적인 신뢰에 대해 나도 신뢰할 수 있을 때만 가능한 일이 아닐까. 여기까지 생각이 미치자 뭉클한 감정이 들었다. 저토록 거칠게 몰아붙일 수 있을 만큼의 상호신뢰라는 것이 가능하려면 대체 얼마나 큰 책임감으로 살아야 할까, 하는 생각도 들었다.

『응급의학과 곽경훈입니다』를 쓴 곽경훈 씨의 말과 행동은 거침이 없어서 정말이지 속이 후련하다. 그는 병원에서 싸움꾼으로 통한다. 하지만 삐뚤어지거나 마냥 호전적인 그런 인물이 아니다. 그가 싸우는 대상과 이유는 뚜렷하다. 병원은 생명을 지키는 곳이고, 의사는 환자 생명을 가장 먼저 생각해야 하는 사람이다. 그는 이 당연함을 위해 끝없이 싸운다. 병원의 나태한 책임회피와 경직된 의사결정 구조, 가식과 위선으로 가득 찬 상급자, 그 부조리와 병폐들이 그가 맞서 싸우는 상대다. 저자는 병원을 '괴물의 뱃속'이라고 표현한다. 그가 비판하는 대상은 병원에만 한정되지 않는다. 오늘날 우리의 삶을 지배하고 있는 거대기업, 관료조직, 전문가 단체도 괴물처럼 개인을 삼키고 일부가 되기를 강요하고 있다고 신랄하게 비판한다.

나는 '환자의 생명을 최우선으로 한다'는 책임은 없고 '이윤'만을 목적으로 하는 병원에서 소중한 사람을 잃은 경험이 있다. 그래서인지 저자의 이야기에 더욱 깊이 공감하고 빠져들었다.

나는『응급의학과 곽경훈입니다』를 읽으며, 자꾸 슈퍼맨을 떠올렸다. 물론 의사가 슈퍼맨처럼 전능할 수는 없다. 현대의학의 한계라는 것도 분명히 있다. 슈퍼맨을 떠올리긴 했지만, 비현실적인 기대를 하는 것은 아니었다. 다만 의사가 '공감의 슈퍼맨'은 돼 줄 수 있지 않을까. 우린 언젠가는 의사에게 사랑하는 사람의 생명이나 자신의 생명을 믿고 맡겨야 한다. 이 책을 읽는 동안 어떤 의사로부터 내 생의 마지막을 선고받고 싶은지 계속 물었다. 그 결론이 '공감의 슈퍼맨'이었다.

『응급의학과 곽경훈입니다』는 의학 지식이나 기술에 앞서 의사에게 무엇이 필요한지를 알려주는 책이다. 슈퍼맨처럼 좋은 의사가 되는 법 말이다. 이는 비단 의사에게만 해당하는 것은 아닐 것이다. 좋은 기업인, 좋은 엔지니어, 좋은 화가……. 나의 직업이 왜 존재하는지, 그 원칙을 늘 알고 새기는 사람들이 이 세상에는 필요하다.

『응급의학과 곽경훈입니다』를 읽고 슈퍼맨을 그렸다. 나의 슈퍼맨은 의료용 고글을 착용하고 있다. 이 고글은 환자들의 마음을 읽는다. 나의 슈퍼맨은 이제 이 책 속의 악당들이 모두 뭉쳐진 괴물을 응징하러 날아간다. 괴물은 악당들을 삼키거나 끌어안고 몸집이 커진다. 나의 슈퍼맨이 뚫고 나오는 것은 벽돌이나 강철이 아니라 종이다. 달랑 종이 한 장으로도 세상을 크게 어지럽히게 된 현대판 괴물을 물리친다. 그에게 무척 잘 어울리는 이미지다.

그림 속 글씨들은 작년에 돌아가신 할머니의 실제 응급실 기록의 일부다. 해독할 수 없는 그 글자들이 일반인을 배제하려는 공고한 성벽처럼 느껴졌다. 『응급의학과 곽경훈입니다』에는 응급실에서의 기본 처치 매뉴얼을 설명하는 대목도 있다. 의사가 쓴 책이니 얼핏 당연해 보이지만, 이 역시 가장 공고한 성벽을 부수겠다는 '곽경훈 슈퍼맨'의 정의로운 파괴가 아닌가 하는 생각도 들었다.

The Mission Possible

65×53cm Mixed Media on Canvas 2020

그렇다면 '천지수 슈퍼맨'은 이제 무엇을 부수며 날아가야 할까? 『응급의학과 곽경훈입니다』는 책을 읽는 것보다 훨씬 긴 시간 생각하도록 만든다. 어쩌면 남은 평생 생각해야 할지도 모르겠다.

'화가는 무엇을 위해 정의로울 것인가?'

위대한
먼지 뭉치

역사의 역사
_유시민

"멀리서 보면 지구는 아무런 관심도 끌지 못할 곳이다. 하지만 우리에게는 다르다. 다시 이 빛나는 점을 보라. 그것은 바로 여기, 우리 집, 우리 자신이다. 우리가 사랑하는, 아는, 들어본 모든 사람이 그 위에 있거나 있었다. (…) 이 햇빛 속에 떠도는 먼지 같은 작은 천체에 살았던 것이다."(칼 세이건)

『역사의 역사』는 작가 유시민의 신작이다. 위대한 역사가들이 우리에게 전하려 했던 생각과 감정을 듣고 느껴봄으로써 역사가 무엇인지 밝히는 데 도움이 될 실마리를 찾아보려고 한다. 그들이 왜 역사를 썼는지, 무엇에 관한 역사를 서술했는지, 왜 하필이면 그런 방식으로 이야기했는지 알고 싶어서 귀를 기울여 보고, 그들의 감정에 공명해 보려고 노력했다고 저자는 집필 의도를 밝히고 있다. 그래서 최대한 가슴을 비우고 이 책을 읽었다. 공명하려면 내 안에 뭔가를 두기보다는 비우는 것이 낫겠다고 판단했다.

마음을 비우자 곧 우주의 텅 빈 공간이 떠올랐다. 지구를 '햇빛 속에 떠도는 먼지'와 같다고 한 천체 물리학자 칼 세이건, 그의 말은 내 존재를 스스로 다시 생각하도록 만든다. 우주의 관점에서는 지구도 먼지다. 그렇다면 그 안에서 살아가는 호모사피엔스는 먼지의 먼지다. 그럼 호모사피엔스들이 간직한 욕망과 이야기는? 수많은 호모사피엔스 중 하나인 나는? 내 생각과 이야기는? 먼지의 먼지의 먼지의 먼지의……

오랜 역사 속에서 사람들이 어떻게 자신들의 삶을 해석하고 느끼며 살아왔는지를 이 책은 살펴본다. 저자 유시민은 역사에 이름을 남긴 위대한 역사가들이 우리에게 전하려고 했던 생각과 감정들을 섬세하게 가늠한다. 저자는 '역사란 무엇'이라고 끝까지 단정하지 않는다. 그런 점에서 '가르치는' 책이 아니라 '가리키는' 책이다. 손가락이 아니라 손가락의 방향을 기록한 책이라는 뜻이다.

마지막 페이지를 덮을 때쯤 내 머리는 새로 열리고 있었다. 그 순간 내 머리에 퍼뜩 떠오른 단어가 있었다. '위대한 먼지.'

'먼지'란 옷을 털면 풀풀 날리는 그것일 수도 있지만, 너무 작아 존재감이 없는 존재를 비유하기 위해 종종 활용되는 단어다. 그렇다면 나는 정말 먼지일까? 먼지여야 할까? 그 크다는 우주를 상상하다 끝내 눈으로 본 것도 인간이다. 눈으로 본 모든 것을 의미로 만들 줄 아는 것 역시 인간이다.

인간은 욕망과 생존 법칙에 따라 무수한 사건들을 만들었다. 이 모든 것들을 기록하고, 그 기록에서 패턴을 찾으려고 끝없이 애써왔다. 그 패턴은 스스로 시간을 넘나들기 위한 것이다. 지나온 시간을 통해 미래를 보려 했기 때문이다. 인간은 먼지 같을지 몰라도, 인간의 이런 생각은 결코 먼지 같지 않다. 우주가 인간을 생성시켰겠지만, 인간은 우주를 본다. 서로 마주 보는 두 존재, 의미상으로는 대등하다. '위대한 먼지'라는 단어가 떠오르자 수많은 의미들이 거기에 달라붙었다. 나는 작은 캔버스 하나를 먼지 하나라고 생각했다. 화폭에 '먼지 이야기'를 그려보기로 했다.

『역사의 역사』는 내 모든 예상을 깨뜨렸다. 인간의 역사를 들여다보려는 현미경 같은 책이라고 생각했는데, 읽다 보니 우주를 관찰하는 천체망원경 같았다. 망원경과 현미경이 본질적으로 같은 용도이지 않을까라는 생각이 들었다. 둘 다 크든 작든 그 자체로 충만한 하나의 우주를 볼 수 있는 도구라는 의미에서다. 역사에 관한 책이라, 과거를 보려는 줄 알았더니 미래를 보게 만들었다. 뭔가 보여주는 책인 줄 알았더니, 보고 싶도록 만드는 책이었다.

먼지 이야기

27.5×27.5cm Oil on Canvas 2018

언젠가 『역사의 역사』라는 책과 같은 그런 그림을 나도 그릴 수 있을까? 모든 사람이 모든 예상을 깨는 그런 그림을, 나도 꼭 그려보고 싶다. 그런 그림은 먼 훗날 그려낼 수 있을 것이다. 나의 선망은 가슴속에 단단히 넣어두고, 일단은 인간의 위대함을 그린다. 역사를 만들고, 역사를 인식하고, 역사를 통해 미래를 건설하려는 인간의 위대함. 지금은 그것을 그렸다.

가장 먼 곳까지 떠나야만 찾을 수 있는 내 가슴속 마음처럼, 지금 우주는 나에게 바로 그런 의미다. 스스로의 존재를 알게 해주는 가장 거대한 상상 말이다.

나는 당신이
부족합니다

박경리의 말
_김연숙

"살았다는 것, 세상을 살았다는 것은 무엇일까? 내게는 살았다는 흔적이 없다. 그냥 그날이 있었을 뿐, 잘 견디어내는 것은 오로지 권태뿐이야."

박경리의 소설 『토지』에서 명희는 울고 있는 양현을 보고는 '저 아이의 고통은, 슬픔은, 어쩌면 저렇게도 투명할까. 저 청춘은 어쩌면 저리 아름다울까' 생각한다. 명희는 순수하고도 투명한 양현의 감정을 보며 이제 권태만이 남아 있는 자신의 삶을 돌아본다.

김연숙의 『박경리의 말』은 『토지』와 박경리 선생이 생전에 남긴 말에서 발견한 인문학적 사유를 담은 에세이다. 『토지』 속 명희가 "세상을 살았다는 것은 무엇일까?'라고 자신에게 던졌던 질문은 김연숙의 『박경리의 말』을 진동시키더니, 곧장 이 책을 읽고 있는 나를 향한다. 이것은 공명과도 같다. 박경리 선생과 김연숙 작가와 나 천지수는 어느새 한 덩어리가 돼 서로의 진동을 나누고 있다.

박경리 선생이 『토지』 속에 묻어둔 이 짧은 한마디를 두고도 저자는 자신의 삶 깊숙이 끌어들여 사유한다. 저자는 "어른이 돼 버린다는 것은 어쩌면 예민한 삶의 감각이 무뎌지는 일인지도 모르겠다"고 말한다. 『토지』를 읽는 동안 내가 잡을 수 있는 문장이 아니었다. 『박경리의 말』은 채낚시 바늘처럼 박경리의 바다에서 반짝이는 문장들을 끌어올려 내 앞에 던져 놓는다.

나 또한 시간을 품을수록 내 삶이 무뎌지고 있을지 모른다는 생각을 했다. 잃어버린 줄도 몰랐던 내 꿈틀거리는 감정들이 『박경리의 말』을 읽는 동안 느닷없이 그리워졌다. '그리움'이라는 감정은 세상을 살았다는 진실한 흔적 중 하나다. 이탈리아어에서는 '당신이 그립다'를 'Mi manchi(미 만키)'라고 한다. '그립다'라는 말에 '부족하다Mancare'라는 뜻을 넣어 사용하는 것이다. 직역하면 '나는 당신이 부족하다'가 된다. 그렇다면 '그리움'은 수동적이거나 속절없는 감정이 아닐지 모른다. 당신을 부족해 하는, 꿈틀대는 욕망일 수 있겠다. 그리고 그리워하는 동안만은 우린 분명히 살아있다.

캔버스는 언제나 말없이 나의 이야기를 들어준다. 때때로 그림은 내가 생각지도 못했던 이야기를 끌어내기도 하고, 그렇게 해서 나의 무의식을 드러내 주기도 한다. 그림 제목이 '무제'라고 돼 있는 경우가 많다. 관객 입장에서는 이 모호함이 불친절하게 느껴질 수도 있다. 나는 그림과 나 사이에 내밀한 비밀을 가지고 싶을 때 '무제'라는 제목을 붙인다. 사실 화가가 자기 그림에 대해 지나치게 자세히 설명하는 것은 오히려 그림을 보는 사람이 더 많은 것을 상상할 기회를 차단시키기도 한다.

　박경리 선생은 "인생에 대한 물음, 진실에 대한 물음은 가도 가도 끝이 없어요. 그래서 저도 모르게 끝이 없게 그 물음에 매달리는데, '모른다'라는 그 말만이 확실한 것이죠"라고 했다. 어쩌면 '모른다'라는 말도 '그리움'과 비슷하지 않을까? '그리움'이란 단어가 '나는 당신이 부족하다'는 뜻이라면, '모른다'는 말은 '나에겐 인생에 대한 앎이 부족하다. 그러니 살아있는 동안 계속 진실을 묻겠다'라는 의미가 될 수 있을 것이다. 그러고 보니 '모른다'는 말은 '안다'는 말보다 훨씬 도덕적이다. 가령 "사랑이 뭔지 난 알아"라고 말하는 순간부터 인생에는 권태가 차오르지 않을까. 『토지』 속 명희처럼 말이다. "너, 이거 알아?"라고 인생이 나에게 묻는데, "알아!"라고 대답해 버린다면 대화는 더 이어질 수 없다. 그러니까 '안다'라는 말은 멈춤을 의미한다. '멈추라'는 명령어다.

　나와 내 그림, 내 인생 사이에서 '끝없는 질문과 대답'이 오갈 수 있게 만드는 것이 필요하다. 『박경리의 말』은, 이 끝없는 질문과 대답을 어떻게 하는지 알려준다.

질문의 바다

45.5×38cm Oil on Canvas 2020

chunjisoo '22

천사의 날갯소리가
들릴 때

골든아워
_이국종

시간은 생명이라는 말, 그것은 메타포가 아니다. 사지가 으스러지고 내장이 터져 나간 사람에게는 말이다. 사고 시각으로부터 최대 1시간 이내로 전문 의료진과 장비가 있는 병원으로 환자를 데려와야 한다. 이 시간을 '골든아워golden hour'라고 부른다.

'골든아워', 생각해 보면 좀 희한한 작명이다. '골든'은 우아하거나 한가하게 대개 쓰인다. 똑같은 단어를 외과 의사들이 가져가 쓰자 세상에서 가장 긴박한 의미로 바뀐다. 의사라는 직업을 가진 사람들의 삶과 내면이 조금은 엿보이는 대목이다. 『골든아워』는 외과 의사 이국종 교수가 쓴 자전 에세이 제목이기도 하다. 그는 중증외상 분야 권위자이며, 현재 한국인들로부터 가장 존경받는 의사다. 이 책은 2002년부터 2018년까지 중증외상센터의 진료와 수술기록을 담고 있다.

죽기를 각오하고 싸우거나 죽을힘을 다해 싸우는 것을 '사투死鬪'라고 한다. 『골든아워』에서는 생과 사의 경계에 선 환자들만이 사투를 벌이지 않는다. 환자의 생명을 지켜내기 위해, 이국종 교수와 동료 의사들은 말 그대로 '죽을힘'을 다한다. 사투라는 이름에는 비록 죽을 '사死'가 등장하지만, 이것은 본래부터 '죽기 위한' 싸움이 아니다. 사투는 어떤 경우에라도 '살기 위한' 싸움이다. 『골든아워』는 인간 사투의 진면목을 보여주는 논픽션이다.

지난 2011년 이국종 교수 의료팀이 아덴만에서 총상을 입은 석해균 선장을 살려내면서, 중증외상 치료의 중요성이 세상에 널리 알려졌다. 이와 함께 상대적으로 돈벌이도 시원찮고 힘만 드는 외과 분야는 그야말로 찬밥 신세라는, 한국 의료계 속사정도 덩달아 널리 알려졌다. 이국종 교수는 이후 자신에게 쏠린 시선과 대중적 관심을 한국 의료계의 부족한 점을 개선하는 데 적극적으로 활용했다.

자신의 대중적 영향력을 공적 이익으로 전환하려는 그 모습에서 대중은 크게 감동을 받았다. 돈에 환장해 버린 시대를 버티며 살아야 하기에 그에 대한 세상의 기대는 더욱 커졌다. 그런 부담감을 그는 어떻게 견뎌낼 수 있었을까. 안쓰러움마저 느껴졌다. 하지만 그는 굳건했다. 2017년에는 탈북 과정에서 총상을 입어 죽어가던 북한군 병사를 살려낸다. 그는 세상이 보든 말든 늘 같은 자리에서 버티고 있었다.

다시 그에게 세상의 시선이 모였다.

처음에는 그 바쁜 와중에 어떻게 책까지 쓸 수 있었을까 조금은 의아했다. 그러나 책을 읽어 보니 모든 궁금증이 풀렸다. 처참하게 부상당한 중환자보다 훨씬 더 처참하게 망가진 국가 의료정책들, 개선의 여지가 보이지 않는 중증외상센터의 척박한 상황……. 그가 책을 쓴 이유는 분명했다. '효율지상주의'라는 이름의 쇠곤봉을 맞고 머리가 으깨져 버린 대한민국 의료정책과 의료시스템 자체를 수술하기로 마음먹은 것이리라. 『골든아워』는 이국종 교수가 손에 든 또 하나의 메스였다.

나는 수원에 산다. 이국종 교수와 그의 의료팀이 있는 대학병원과 아주 가깝다. 종종 그가 타고 있을 헬기가 머리 위로 지나가는 소리를 듣는다. 처음에는 그 소리가 거슬리고 시끄러웠다. 『골든아워』를 읽고 나서야 그 소리의 정체를 알게 됐다. 요즘 내 귀에는 이국종 교수의 헬기 소리가 천사의 날개가 펄럭거리는 소리로 들린다. 나는 그 소리가 들릴 때마다 생명을 각성한다. 시끄러워 집값 떨어질까 걱정된다고? 천사의 반대편에 누가 서 있는지 한번 생각해 보길 바란다. 정말 그 어둡고 흉한 편에 서고 싶은가? 단 하루를 살아도 제발 사람으로 살자.

책을 읽다 보면 '올리다'라는 흥미로운 표현이 나온다. 위급한 환자를 옮길 때면 그는 예외 없이 "수술 방으로 올리다"라고 말한다. 수술실이 병원 옥상에 있는 것도 아닐 텐데 말이다. 아무튼 '올리다'라는 표현은 묘한 안도감을 준다. 아마도 이국종의 의료진은 죽음으로 꺼져 가던 생명을 어떻게든 끌어올리려 할 것이다. 수없이 반복되는 그 과정에서 무의식적으로 사용하게 된 표현이 아닐까 짐작한다.

생명줄을 부여잡고 사투를 벌이는 외과 수술실은 전쟁터와 다름 없겠지만, 그 풍경을 떠올리자 나에게는 오히려 한없이 고요한 심연이 다가온다. 생은 숭고하다. 숭고한 것들은 모두 말을 잊게 만든다. 생과 생을 버티고 생을 지키려는 그 모든 행위는, 인간이 할 수 있는 가장 숭고한 일일지도 모르겠다.

무영등無影燈이라는 것이 있다. 수술실 조명이다. 수술 부위에 그림자를 없애 주는 역할을 해서 이름을 그리 붙였다. 화가에게서 그림자를 문법으로 비유하면 '어말어미'쯤 되지 않을까 싶다. '~는다', '~느냐', '~어라' 등과 같은 어말어미를 사용하지 않고 문장을 완성시키는 일은 매우 어렵거나 거의 불가능하듯이 말이다. 하지만 무영등 속에도 사람을 닮은 어떤 특별한 존재가 살 것만 같다. 나는 그를 그리고 싶다.

헤밍웨이의 『누구를 위하여 종은 울리나』는 원래 영국 시인 존 던의 시에서 제목을 따왔다. 병과 고통을 주제로 쓴 기도문이기도 하다.

그대를 위하여 종은 울리나니

61×72.5cm Oil on Canvas 2018

"어느 누구의 죽음도 나를 감소시키나니 / 나는 인류 속에 포함된 존재이기 때문이다 / 누구를 위해 종이 울리는지 / 사람을 보내 묻지 말라 / 종은 그대를 위하여 울리므로."

내 영혼의
디저트 한 조각

섬에 있는 서점

_개브리얼 제빈

"사람들은 정치와 신, 사랑에 대해 지루한 거짓말을 늘어놓지. 어떤 사람에 관해 알아야 할 모든 것은 한 가지만 물어보면 알 수 있어. '가장 좋아하는 책은 무엇입니까?'"

『섬에 있는 서점』은 뉴욕 출신 작가 개브리얼 제빈의 장편 소설이다. 이 소설은 섬 전체 하나밖에 없는 작은 동네서점 '아일랜드 북스', 그 소박한 장소를 중심으로 펼쳐지는 따뜻한 비밀과 극적인 반전을 담고 있다. 서점 주인 이름은 '에이제이 피크리'. 그는 얼마 전 사고로 아내를 잃었다. 서점 운영도 영 신통치 않다. 행복하지 않은 나날들. 그러던 어느 날 예상치 못한 선물이 도착하며 그의 인생이 변화한다. 소설 문체는 유머와 위트가 넘치지만, 읽는 이들에게 삶에 대한 사랑과 통찰을 느끼게 만드는 깊은 여운도 잃지 않는다.

책장을 펼치면 챕터 첫 장마다 주인공 에이제이가 남긴 메모 글귀가 등장한다. 수많은 문학 작품들에 대한 논평과 삶의 철학이 담긴 문장들이다. 그중 가장 평범한 문장 하나가 문득 가슴으로 들어왔다.

"가장 좋아하는 책은 무엇입니까?"

이 의외의 질문 앞에서 순간 당황했다. 꽤 오랫동안 책을 사랑하고, 많은 책을 읽어 왔다면서, 어떻게 '가장 좋아하는'이라는 그 간단한 조건 하나를 충족시키는 책을 가지고 있지 못할까? 스스로에게 의아했다. 내가 한 권의 책을 읽고, 그것을 그림으로 그릴 때는 그 책과 사랑하고 있다고 느끼기도 한다. 이야기에 감동하고, 상상하고, 아프기도 하고, 배우기도 하는 그 과정이 사랑의 느낌과 가장 비슷하기 때문일 것이다. 그렇다면 서평을 그림으로 작성하는 작업은 '언제나 새로 쓰는 러브레터'일 수도 있겠다. 나를 향해 쓰는 편지이면서 타인과 세계를 향해 부치는 편지다.

책의 세계는 경이로운 다양함이 끝없이 펼쳐지는 일종의 생태계다. 그러니 오히려 단순하고 명료해야만 보이는 무엇인가가 따로 있을지 모르겠다는 생각이 들었다. 다시 묻는다 "가장 좋아하는 책은 무엇입니까?"

"지금 읽고 있는 책입니다."

나는 『섬에 있는 서점』을 읽고 소설 속 '앨리스 섬'에 가보고 싶었다. 매사추세츠 동남쪽 하이애니스에서 페리를 타야만 들어갈 수 있는 곳이라는 상세한 설명이 있지만, 실제로 있는 곳인지는 모르겠다. 하지만 당장 여권을 꺼내거나 할 생각은 없다. 내가 가보고 싶은 곳은 소설 속이다. 거기는 아내를 잃고 삶의 의욕마저 잃은 에이제이가 다시 사랑을 만든 곳이다. 서점 앞에 버려져 서점에서 자라, 예비 작가로 성장해 가는 소설 속 마야를 직접 만날 수도 없으니 내가 비행기를 탈 일은 없겠다. 대신 그곳을 그림으로 그리기로 했다.

"인간은 홀로 된 섬이 아니다. 아니 적어도, 인간은 홀로 된 섬으로 있는 게 최상은 아니다"라는 작가의 말처럼, 앨리스 섬은 상처받고 외로운 사람들이 홀로 방치되지 않는 곳이다. 사랑을 스스로 발열하는 곳, 그런 따뜻한 섬을 그리고 싶어졌다. 게다가 엘리스 섬이라니, 『이상한 나라의 앨리스』가 떠오르기도 하는 나의 그곳은 온갖 책으로 이루어진 섬이다.

책의 터널을 지나는 길이 얼기설기 얽혀 있다. 책에서 나무가 자라나고 그 나무에 열매처럼 책이 열리고, 책이 새처럼 날아다닌다. 알록

내 마음의 디저트 섬

65x53cm Oil on Canvas 2017

달록한 책의 방파제들이 섬 주변을 에워싸고 있다. 섬 이름이 '앨리스'인 만큼 토끼도 빠질 수 없다. 얘는 내 그림 속에선 숨바꼭질하듯 숨어 느긋하게 책을 읽고 있다. '나의 앨리스 섬'을 그리는 내내 그곳을 비현실적인 채로 놓아두고 싶었다. 에이제이가 서점 주인으로서는 전혀 현실적이지 않은, 뜻밖의 선물을 받아들이면서, 사랑으로 구원받은 이야기처럼.

그림을 완성하고 멀리서 바라보니, 섬이라기보다는 온갖 달콤한 것들이 모여 있는 거대한 디저트처럼 보인다. '기분을 끌어 올려준다'는 뜻의 티라미수tiramisu 디저트처럼 내 잠재의식 속 책이란 사람의 외로움을 달래주는 그런 달콤한 존재다. 내 무의식까지 반영하고 있다는 생각이 들면서 그림도 마음에 들었다.

이제 나는 토끼 굴로 따라 들어간 앨리스처럼 내가 그린 책의 섬에 들어가 이곳저곳을 누빈다. 귀를 쫑긋 세우고 책에 코를 박고 있는 토끼를 발견하면 이렇게 물어볼지도 모르겠다.

"네가 가장 좋아하는 책은 뭐니?"

사랑은 이미
알고 있다

동백어 필 무렵
_명로진

사랑스럽다고 말할 수 없는 세상이지만, 세상엔 항상 사랑이 차고 넘친다. 세상의 모든 노래와 영화, 시와 소설들……. 하늘의 별처럼 많고도 많지만, 놀랍게도 이 헤아릴 수도 없이 많은 것들 대부분은 사랑을 표현하고 있다. 그런데 이 흔하게 넘쳐나는 사랑의 장면들 중에는 간혹 우리의 뇌리에 각인돼 평생 떨칠 수 없는 것들이 있다.

벌써 16년이나 지났지만 〈발리에서 생긴 일〉이란 드라마의 마지막 장면이 나에겐 그렇다. 마지막 회에서 여주인공 수정은 그들이 처음 만났던 발리에서 질투에 휩싸인 재민의 총을 맞고 죽어간다. 세상을 떠나는 그 순간 수정은 재민에게 이렇게 말한다. "사랑해요." 어처

217

구니없을 만큼 짧고 흔한 이 문장을 나는 왜 잊지 못할까?

어렵지만 씩씩하게 살아가는 수정. 재벌 2세인 재민이 자신을 사랑하는 것을 알지만 '마지막 자존심'이라며, 살아서는 끝까지 내어주지 않던 그 사랑의 말을 수정은 죽음의 순간에 던진다. 사랑하는 사람의 고백을 듣고 진심을 알게 된 재민은 오열하고, 무심히 불타오르는 발리의 아름다운 석양을 바라보며 스스로 생을 마감한다. '비극으로 결말을 비튼, 자본주의 판 신데렐라 이야기'라고도 할 수 있는 〈발리에서 생긴 일〉은 그다지 정교하지 못한 플롯이나 일견 유치하기도 했던 스토리텔링에도 불구하고 쉬 잊히지 않는 좀 희한한 드라마다. 그것은 아마도 이 드라마가 마침표를 기가 막히게 찍었기 때문일지도 모른다.

수정이 재민에게 조금만 더 일찍 진심을 표현했더라면, 이야기의 결말은 달라지지 않았을까?, 생의 마지막 순간에 던진 사랑한다는 한마디는 문학적으로 어떤 의미일까?, 결국 구원의 대상은 육체가 아니라 정신이라는 것을 말하려 했던 걸까?

〈발리에서 생긴 일〉 마지막 회는 정말 많은 것을 생각하게 했다. 그리고 보니 내가 떠올렸던 문장 끝에는 모두 물음표가 그려져 있다. 느낌표가 아니란 말이다. 기억은 물음표가 붙은 말을 지우지 않는다. 어쩌면 나도 그래서 고작 드라마 하나를 오랫동안 잊지 못하는 것이 아닐까 싶다. 문장 끝에 스스로 붙여 놓은 물음표 때문에.

명로진 선생의 에세이 『동백어 필 무렵』은 한국 드라마 25편을 다루고 있다. 독특하게도 드라마 속 인물들의 대사를 하나하나 되새기며 이를 통해 우리의 삶을 성찰하고 조명한다. 이것은 드라마 촬영장의 스포트라이트를 뒤집어 시청자를 향해 빛을 쏘는 것과 비슷하다. 저자는 비평하고 해설하고 감동 요소를 찾는 등 다양하게 해체하면서 결국 '우리를 위한 드라마', '내 삶을 위해 존재하는 드라마'로 재구성해 낸다.

이 책을 쓴 명로진 선생은 기자 출신 배우이자 저술가이며 동양고전 전문가다. 융합적인 지식인이라고 할 수 있는데, 그런 저자의 통찰력이 책 곳곳에서 빛을 발한다. 가령 난 드라마 보는 내내 수정과 인욱과 재민이라는 인물들 사이의 '뚜렷하지 않은 마음'이 의아했다. 이 부분에 대해 저자는 생물학적 관점으로 명료하게 해석해 낸다. 지각은 한참 뒤에 감각의 명령을 따른다고. '사랑의 프로세스에서 육체가 먼저 깨닫고 정신은 그 뒤를 따른다'는 것이다.

나는 사랑의 프로세스를 직감적으로 그려보기로 한다. 셰익스피어의 희곡 『한여름 밤의 꿈』에 나오는 요정 퍽이 만든 사랑의 묘약이야말로 사랑의 프로세스에 가장 먼저 필요한 재료를 상징한다. 그 묘약은 '삼색제비꽃'으로 만들었다고 알려져 있다. 삼색이라…… 사랑의 비극인 '삼각관계'를 내포하는 것인가? 하여간 감각의 명령에 가장 먼저 순응하는 사랑의 과정이 자연스럽게 공감을 이끈다.

사랑의 프로세스

53.3x45.5cm Oil on Canvas 2020

『동백어 필 무렵』을 읽는 동안 내 일상의 작은 것들이 모두 의미를 가지기 시작했고 해석을 요구했다. 이 책은 우리 삶의 감각을 아주 섬세하고 예리하게 만드는 능력이 있었다. 저자는 드라마 속 인물들이 내뱉은 단 한마디 단어에서조차 인생의 의미를 포착하고 건져 올렸다. 지금 할 얘기는 『동백어 필 무렵』처럼' 생각해 보다가 떠오른 이야기다.

　얼마 전 아들의 장수풍뎅이가 만든 장렬한 드라마를 통해 사랑에 대해 다시 생각할 수 있었다. 작년에 암컷 장수풍뎅이를 친구에게 받아왔고, 외로운 암컷을 위해 수컷 장수풍뎅이를 사서 같이 살게 했다. 그런데 수컷 장수풍뎅이의 끈질긴 구애에도 암컷 장수풍뎅이는 계속 도망을 다니기만 했다. 그렇게 몇 달간 추격전을 벌이며 같이 살던 어느 날, 나는 충격적인 사태를 보고 경악했다. 수컷의 몸과 머리 뿔, 다리가 제각각 잘려 사육 상자 안에 흩어져 있었다. 그리고 암컷도 얼마 뒤 수컷의 뒤를 따라 떠났다.

　올해 또 아들이 장수풍뎅이를 데리고 왔다. 나는 작년의 충격이 떠올라 수컷 한 마리만 기르기로 했다. 몇 달 후 이번엔 장수풍뎅이가 자연사했다. 그 사체를 내려다보았다. 사랑, 갈등, 번민 같은, 그 어떤 드라마도 없이 조용히 먹고만 살다가 생을 마감한 장수풍뎅이 사체는 태엽이 풀려 움직이지 않는 플라스틱 장난감 같았다. 순간 '고독사'라는 말이 떠올랐다. 내가 '그'를 위한다고 한 행위가 어쩌면 학대일지도 모른다는 생각이 들었다.

그때 나는 '사랑이 없는 삶은 육체의 찢김보다 더 지독하고 허무한 것일 수도 있다'고 생각했다. 사랑보다 삶을 더 열정적으로 만드는 것은 무엇일지 아직까지는 찾지 못했다.

그나저나 나는 이 영감을 또 어떻게 캔버스에 담아낼 것인가! 아득한 즐거움으로 아마도 밤을 지샐 것이다.

잃어버린 낙원을 찾는
신성한 의무

오브 아프리카
_월레 소잉카

나이지리아 출신 극작가이자 시인, 소설가 월레 소잉카. 그는 아프리카 작가로서 최초로 노벨문학상을 받았고, 유엔 친선대사로 임명됐을 때는 아프리카 문화와 인권, 표현의 자유를 위해 헌신했다.

그의 에세이 『오브 아프리카』는 노예무역, 식민주의, 독재, 부족간 갈등과 종교 분쟁으로 처참히 찢어진 아프리카의 역사를 깊은 사유와 냉철한 통찰력을 통해 보여준다. 그는 이를테면 자신의 부족인 요루바족 토속신앙에 관한 이야기를 들려준다. 아프리카의 토속신앙이 표방하는 지혜와 타협, 공존의 정신을 배우라는 것이다. 오늘날 근본주의로 치닫는 기독교와 이슬람이 해결하지 못하는 갈등도 아프리카의 영성과 지혜를 통해 그 실마리를 풀어낼 수 있을 것이라는 희망의 메시지도 전하고 있다.

> 모 자웨 아그베그베 (나는 그베그베의 잎들을 땄네)
> 키 윈 마 그베그베 미 (내가 잊히지 않도록)
> 모 자웨 오니 테테 (나는 테테의 잎을 땄네)
> 키 윈 마 테 미 몰레 (내가 밟히지 않도록)

　나는 이 책에 등장하는 요루바족 토속신앙 오리사교의 시를 소리 내어 읊어본다. 언어의 느낌이 따뜻하다. 내 청춘이 한동안 머물렀던 동아프리카에서 그들의 말을 처음 들었을 때도 똑같은 느낌을 받았다. 한없이 낯선 곳, 그 낯선 언어의 느낌이 그토록 따뜻하게 느껴졌던 이유를 그때는 몰랐다. 어린 시절부터 아프리카는 내 오랜 동경의 대상이었다. 청년이 됐을 때, 난 망설임 없이 그곳으로 갔다. 하지만 그곳에서 돌아오고 나서 세월이 한참 지난 지금까지도 저 낯선 언어의 따뜻함을 스스로 이해하지 못하고 있었다.
　『오브 아프리카』를 읽으며 드디어 실마리 하나를 풀었다. 아프리카의 목소리는 자신을 동경하는 자의 영혼을 움켜쥐는 힘이 있었던 것이다. 그 힘은 불가해하고 신비롭기만 한 그 무엇이 아니었다. 내가 느낀 온기는 바로 마음의 온도였다. 그들의 오랜 역사 속에 녹아 있는 아프리카의 마음. 저들의 음성을 통해 그 온기에 닿았던 것이다. 월레 소잉카가 좋아한다는 저 시는 본래 여행자의 안녕을 위한 기도라고 한다. 그 뜻을 새기며 소리 내어 다시 한번 읽어 본다. 읊을수록 아름답고 신비롭다.

캔버스에 무엇을 그려야 할지, 어떤 색을 써야 할지 계획이 없다. 요루바족처럼 해보기로 한다. '영적인 순응' 바로 그것을 해보기로 했다. 눈을 감고 먼저 그베그베 잎사귀를 따는 풍경을 상상해 본다. 나는 아프리카 부족 모임에 초대를 받았다. 아주 고요한 적막을 뚫는 야생 동물 울음소리가 들리고, 그베그베 잎과 테테 잎을 따서 나의 여행길에 안녕을 빌고 길을 떠난다.

도착한 곳에서는 요루바족이 시를 읊고 있다. 무슨 뜻인지는 알 수 없지만, 감각적으로 나는 따듯함과 신비로움을 느낀다. 태어난 이후 두 번 다시 느껴보지 못했던 가장 원초적인 평온함이다. 천천히 눈을 뜬다. 캔버스 앞에 붓을 들고 있다. 나는 집중한다. 시로부터 받은 느낌이 온전하다. 물감을 찍어 그리기 시작한다.

'요루바족의 초대'가 그림 제목이다. 시를 읊음으로써 그들이 나의 영혼을 그림 속으로 초대한 것이다. 그렇게 영적으로 순응한 후 마음으로 본 아프리카는 내가 눈으로만 기억해 왔던 아프리카와 사뭇 달랐다. '깊은 아프리카!' 이번 그림의 주제다.

월레 소잉카는 아프리카의 영성을 '눈에 보이지 않는 종교'라고 불렀다. 그는 아프리카의 마음으로 '조화로운 공존'을 이룰 수 있을 것이라고 말한다. 생각해 보면 '조화로운 공존'이란 물건처럼 실체가 있어

요루바족의 초대

45.5x53cm Oil on Canvas 2017

쟁취할 수 있는 것이 아니다. 그것은 사람과 사람의 '관계'처럼 눈에 보이지 않는다. 그러고 보면 인간에게 가장 중요한 것들은 모두 눈에는 보이지 않는 것들이다. '희망'과 '용기', 그리고 '사랑'처럼. 우리는 이런 것들을 가리켜 '가치'라고 부른다.

책장을 덮을 무렵 머리에 이런 문장이 떠올랐다. '내 목숨이 붙어 있는 한 최선을 다해 그베그베 잎들을 따야겠다.' 『오브 아프리카』를 읽고 그리면서 나는, 정말 가치 있는 인생을 살고 싶어졌다.

비밀은
숨지 않는다

좋은지 나쁜지 누가 아는가
_류시화

"나날의 삶 속에서 표식을 발견하는 것이 영성이다. 여러 가지 일을 겪으며 표식들을 따라가면 언젠가는 해답에 이른다. 그리고 그 표식들은 내가 올바른 길을 가고 있음을 재확인해 준다."

『좋은지 나쁜지 누가 아는가』에 나오는 문장이다. 이 책은 그 유명한 류시화, 그의 산문집이다. 언제나 그래왔듯이 이 책에서도 저자는 어떤 포물선으로도 과녁 한복판에 꽂아 넣는 신궁과도 같은 문장을 펼쳐 보인다. "영혼을 돌본다는 것은, 자신이 영혼을 가진 육체가 아니라 육체를 가진 영혼임을 아는 것"이라는 문장도 그러하다. 바로 그것이 "자신의 내적 삶에 관심을 갖는 것"이라는 그의 말이 내게 화살처럼 꽂힌다.

　"나날의 삶 속에서 표식을 발견하는 것이 영성이다"라는 문장을 읽을 때 떠오른 영화가 있다. 나이트 샤말란 감독의 〈레이디 인 더 워터〉다. 악평이 난무했건 말건 나는 이 영화가 그렇게 좋을 수 없었다. 류시화의 책을 읽을 때처럼 그 영화에서도 '표식'에 주목했다.

　어느 아파트 관리인이 아파트 수영장에 숨어 있는 여자를 발견하게 된다. 그 여자는 동화 속 요정이다. 그녀는 자신의 세계인 '블루 월드'에 돌아가지 못하면 아파트 주민들 모두가 죽음을 맞이할 것이라고 경고한다. 요정의 예언대로 곧 괴물이 나타나고 사람들은 죽음의 공포에 떤다. 아파트 주민들은 힘을 합쳐 그 요정을 안전하게 그녀의 세계로 보내기로 한다. 이를 위해 비밀의 문을 찾아 나선다는 이야기다.

　영화 속 그 비밀의 문은 특별한 곳에 있지 않다. 그것은 매우 평범한 우리의 일상 속에 있다. 비밀의 문을 찾기 위해 주민들은 표식을 쫓아가는데, 그 과정에서 평범한 아파트 주민들은 각자 수호자, 치유자, 상징해독가, 길드 등의 역할이 있다는 것을 깨닫게 된다. 미처 알지 못하던 '나라는 존재의 역할'을 찾는 것.

　〈레이디 인 더 워터〉는 나에게 모종의 깨달음을 준 영화였다. 내 일상 속에도 분명히 표식이 있을 것이고, 그 표식을 따라가는 것이 내 영혼을 위한 길이라는 깨달음이었다. 인생은 아무렇게나 흔들려서는 안 되는 것이다. 방향을 잡고, 걸어야만 한다.

저자는 시인 갈리브에 대한 표식이 앞에 나타나 마침내 거부할 수 없는 강력한 신호가 됐다고 말한다. 그는 그러한 표식을 '공개된 비밀 open secret'이라고 부른다. 모두에게 공개돼 있으나 아직 그것을 볼 수 없는 사람에게는 비밀인 채로 남아 있기 때문이다. 그런 비밀을 보는 눈은 나 같은 화가에게 꼭 필요한 것이 아닐까 싶었다. 그러고 보니 위대한 화가들은 모두 그런 눈을 가지고 있었다. 세상에 숨겨진 공개된 비밀, 그것을 가시화하는 것이야말로 화가의 의무일 것이다.

내게는 몇 번이고 바꾸고 고쳐도 내 마음을 끌지 못하는 그림이 하나 있었다. 아주 작은 캔버스에 그려진 그림인데, 몇 번을 바꿔 그렸는지 모른다. 처음에는 사람들이 그려져 있다가, 동물이 그려졌다가, 추상이 됐다가, 한 가지 색으로 전부 덮어지기도 했다. 도무지 풀리지 않는 비밀번호 같은 캔버스.

결국 붓 가는 대로 그린 다음, 표식을 넣었다. 얼핏 보면 나무 몇 그루 그려진 평범한 풍경이다. 공개된 것은 나무들의 일상이다. 하지만 그 안에는 나만의 표식이 있다. 지독하게 어려운 숨은그림찾기처럼 아무나 찾을 수는 없는 그런 표식이다. 물론 의도한 숨김은 아니었다. 다만 내 영혼이 이끄는 대로 그리다 보니 나만의 표식이 만들어졌을 뿐이다. 언젠가 이 표식을 알아보는 사람이 있다면, 그는 내 영혼의 친구가 될 것이다. 그럼 그에게 이 그림을 헌정하려고 한다. 제목도 그때 정할 것이다. 그의 이름을 넣어서 말이다.

공개된 비밀

33.6x24cm Oil on Canvas 2019

"물방울의 기쁨은 바닷속으로 사라지는 것 / 고통은 그 한계를 넘을 때 스스로 치료제가 되네."

『좋은지 나쁜지 누가 아는가』에 실려 있는 갈리브의 시다. 눈을 뜨고도 보지 못하는 세상의 비밀을 보려면, 시인 만큼의 고통이 있어야 하는 걸까? '고통은 치료제가 된다'는 기막힌 비밀을 깨닫게 해준 책. 『좋은지 나쁜지 누가 아는가』는 내 인생의 여정에 또 하나의 표식이 됐다.

이정표를 만나는 그 지점에서 우리는 이후의 방향을 결정해야만 한다. 결정의 순간, 망설임이 느껴지지 않는다면, 그 방향이 옳은 길이다.

문장의 세상만이
보여주는 것

내 문장이 그렇게 이상한가요?
_김정선

"무수한 비문과 오문을 쓰는 실험을 통해 나를 표현하는 다른 방법을 찾는 것이 아닐까요. 다른 시간과 공간, 그러니까 다른 거리감과 감수성을 찾는달까요. 그것도 최대한 즐겁게 말이죠."

『내 문장이 그렇게 이상한가요?』 저자 김정선은 20년 넘게 단행본 교정 교열 일을 해온 베테랑 편집자다. 이 책은 어색한 문장을 훨씬 보기 좋고 우리말다운 문장으로 바꾸는 비결을 소개하고 있다. 자신이 오랫동안 작업한 수많은 원고들 속에서 공통적으로 발견되는 어색한 문장의 전형들과 문장을 이상하게 만드는 요소들을 추려서 뽑은 후 그 문장들을 어떻게 다듬어야 하는지 설명한다. 실용서지만 책에는 소설

같은 이야기들이 종종 등장한다. 이 부분은 학창 시절 따분한 수업시간에 선생님이 들려주던 연애담처럼 흥미롭다.

문장 교정에 대한 책이니만큼 자신의 문장을 돌아보게 하는 것은 물론이다. 글 쓰는 화가가 되기 위해 노력 중인 나로서는 이 책의 발견이야말로…… 뭐랄까, 플라잉 더치맨호를 탈취한 잭 스패로우 선장의 기분이랄까? 아무튼, 보물단지 같은 책이다.

화가인 나에게는 신기한 경험을 선사한 책이기도 하다. 책이 설명하고 있는 '글 다듬는 법'을 고스란히 '그림 다듬는 법'에도 온전히 적용할 수 있었기 때문이다. 글을 쓸 때, 왜 그 자리에 그 표현이 들어가면 어색한지, 그것이 꼭 필요한 부분인지, 너무 습관적이지는 않은지 등을 계속 의심하는 방법으로 자신의 문장을 검토하라는 조언은 나의 화폭에도 그대로 적용하고 있는 방법이다.

나는 그림을 다 완성하면 그것을 벽에 걸어놓고 몇 달을 보며 지낸다. 그러다 눈에 거슬리는 부분이 발견되면 다시 그림을 계속 수정하는 습관이 있다. 같은 작품일지라도 거기에 다른 시·공간이 선사하는 객관적 거리감과 그렇게 해서 만들어지는 전혀 새로운 예술적 감수성이 있다. 나는 그것까지 내 화폭에 담는 것을 선호했다. 이 책은 그 작업에 어떤 의미가 있었는지를 명확하게 해주었고, 나 자신의 작업 스타일을 더욱 확신하게 만들었다. 화가에게 확신은 굉장히 중요한 요소다.

그런데 사실 인생도 이렇지 않을까? 시간이 지나서 깨닫는 것, 거리를 두어야 보이는 것들이 인생을 끝없이 다듬을 수 있게 한다는 점에서 말이다. 물론 수정이 곧 개선을 의미하지는 않는다. 종종 개악이 되기도 한다. 본래 답도 없고 완성도 없는 삶이기에 그런 것이다. 여기서 중요한 것은 '나를 고스란히 표현'하는 것이다. 글이든 그림이든 자신을 온전히 투영할 수 있어야 하고, 정확하게 표현할 수 있어야 한다. 그래야만 그로부터 반성과 자기성찰도 가능해진다.

이 책을 고스란히 그림으로 전환해 보기로 했다. 나는 붓을 들자마자 후회했다. 문학도 인문학도 아닌, 이 문법 실용서를 그림으로? 어떻게 봐도 황당한 시도였다. 하지만 이 책마저 그림으로 그릴 수 있다면 세상의 어떤 책도 그려낼 수 있을 것이란 생각이 들었다. 일단 그 점이 무척 매혹적이었고, 일단 한번 해 보기로 마음먹었다. 나는 늘 이런 식이다. 그래서 인생이 고달프다. 아무튼, 붓을 들었다.

오주석의 명저 『한국의 미 특강』에는 동양화를 보는 방법에 대한 흥미로운 설명이 나온다. 서양화와는 달리 동양화를 볼 때는 시선을 오른쪽 위에서부터 시작해 왼쪽 아래로 순차적으로 시선을 훑어가야 한다. 옛날에는 글의 방향이 그랬다. 이것은 동양의 글과 그림이 본질적으로 하나였다는 점을 짐작하게 한다.

나는 '문장그림'을 그려보기로 마음먹었다. 세상의 모든 문장은 의미를 가진다. 그리고 그 무한대의 의미들이 우주를 만든다. 눈을 감고

문장그림

40×40cm Oil on Canvas 2017

'의미의 우주'를 이미지로 떠올려 보았다. 어떤 문장은 강렬하며, 어떤 문장은 조용하다. 그리고 문장들은 서로 영향을 미치기도 한다. 나는 문장의 세상만이 보여줄 수 있는 견고한 조화로움을 표현하고 싶었다. 아름다운 문장들로 이루어진 좋은 책이 그러하듯 나 역시 밝은 희망의 메시지를 조화롭고 안정적인 구도로 화폭에 그리고 싶었다.

롤랑 바르트는 "시간은 수학적 단위가 아니라 감수성의 의미론적 분할"이라고 했다. 문장그림을 벽에 걸어 놓는다. 시간이 지나면 그림은 다른 시간의 감수성으로 그 시간의 의미에 맞게 다른 이야기를 펼칠 것이다. 없애고 싶거나 고치고 싶은 부분이 생길지도 모른다. 지금 내가 기억해야 할 것은 '의미 있는 자유로움'으로 나와 세상을 표현해야 한다는 것뿐이다. 그림을 다듬다가 모두 지워 버려야 하는 상황이 생겨도 결코 즐거움을 잃지 말자고 다짐했다.

예술은 어떤 경우에도 인간에게는 '궁극의 놀이'여야 할 테니.

모든 것은
씨앗에서 시작한다

비커밍Becoming
_미셸 오바마

"발전과 변화는 느리게 이루어진다는 사실을 삶은 가르쳐주고 있었다 (…) 우리는 변화의 씨앗을 심는 것이고, 그 열매는 보지 못할 수도 있었다. 우리는 참을성을 가져야 했다."

『비커밍Becoming』을 퍼스트레이디였던 사람의 책으로 소개하고 싶지 않다. 미국의 44대 대통령 버락 오바마는 트럼프 같은 이들을 제외한 거의 모든 사람들에게 사랑과 존경을 받는 정치인이다. 하지만 이 책은 그런 사람의 아내이기 때문에 읽을 가치가 있는 책이 아니다. 그냥 미셸 오바마라는, 아주 멋진 한 여성의 자서전이다.

가난했지만 독립적이었던 어린 시절 이야기부터 백인과 잘 어울리지 못했던 프린스턴대 시절, 졸업 후 대형 로펌에서 유일한 흑인 여성 변호사였을 때의 경험, 자신의 사무실에 인턴으로 온 법대생 버락 오바마를 만나면서 변화되는 삶의 이야기, 그리고 퍼스트레이디 시절과 이후의 이야기들까지, 미셸 오바마는 이 책에서 모든 것을 아주 솔직하고 대담하게 펼쳐 놓는다. 퍼스트레이디가 되고 그녀에게 쏟아지는 각종 찬사와 비난 그리고 세상의 양극단을 목격하고 경험해 얻은 반성과 노력, 삶에 대한 통찰들이 진정성 있게 다가온다.

퍼스트레이디 시절 친선 방문했던 남아프리카공화국에서 그녀는 아흔두 살의 넬슨 만델라 대통령을 만난다. 미셸은 고령이 된 만델라와의 짧은 만남에서 그의 정신을 되새기며 '대의를 위해서는 참을성을 가져야 한다'는 교훈을 얻는다. '내가 오늘 뿌린 씨앗이 거대한 변화와 위대한 의미를 가진 나무로 자랄 테지만, 내가 그 결과까지 보려고 하지는 말라'는 깨달음을 되새긴다. '나의 전 생애와 목숨을 바치는 참을성!' 그 대목을 읽으며 내가 떠올린 문장이다.

버락 오바마의 대선 유세 기간 때 나는 아프리카 케냐에 머물고 있었다. 그때 그곳 풍경은 미국이 아니라 케냐에서 대통령을 뽑는 줄 알 지경이었다. 거리 곳곳에 오바마 사진이 붙어 있었고, 수많은 케냐 사람들이 그의 당선을 기원했다. 당선이 확정되자 케냐뿐 아니라 아프리카 전역이 마치 축제처럼 들떴다. 당시 오바마의 당선은 인간 문명 진화의 상징적 사건으로까지 보였다. 변화와 발전은 매우 느리지만, 끝없이 투쟁하며 견디고 기다리면 결국 이루어질 수 있다는 것. 때로는 그것이 마법처럼 바로 내 눈앞에서 펼쳐질 수도 있다는 것을 그때 알았다.

『비커밍Becoming』은 분명 가슴을 뜨겁게 만드는 책이다. 나는 세상을 다 녹일 수도 있는 36.5도의 이 기막힌 체온을 도대체 어떻게 그림으로 표현할지 고심했다.

모든 것은 씨앗으로부터 시작한다! '변화의 씨앗'을 그려보기로 마음먹었다. 차고 단단한 씨앗이 있다. 씨앗은 변하지 않는 인간의 가치며, 인간과 세계를 위한 마땅하고 훌륭한 생각이다. 여기에 36.5도의 따뜻함과 땀과 눈물이라는 습도를 유지하면 씨앗은 발아를 시작한다. 그리고 기다림, 기다림, 기다림. 우리의 전 생애와 목숨을 바치는 참을성으로 그것을 지켜본다. 저 씨앗이 언젠가는 반드시 거대한 나무가 돼, 온 인류에게 과실을 만들어 줄 것이라 믿는다. 믿음이 기다림을 버텨준다.

첫 번째 씨앗은 태고의 씨앗이다. 미셸은 버락 오바마와 약혼 후 버락의 할머니가 사는 케냐의 어느 동네에 간 적이 있는데, 유독 진했던 붉디붉은 그 흙 빛깔을 잊지 못할 것이라고 했다. 그 흙을 내 눈으로 본 적이 있다. 아름답고 역동적인 붉은 흙. 그녀의 표현처럼 '태고의 흙빛'이다. 나는 지금 여기서 그 흙빛의 씨앗을 그리고 있다. 그리고 이제 각기 다른 꿈을 간직한 여러 개의 씨앗을 그린다. 씨앗들이 퍼져 나간다. 투쟁의 기다림 후에 그 꿈들이 모두 피어날 것이다. 피어난 씨

꿈꾸는 씨앗

60×49.5cm Oil on Canvas 2018

앗들은 각자 소중한 그 무엇이 될 것이며, 그것이 결국 세상을 바꿀 것
이다.

미셸 오바마는 자신만의 목소리로 이야기하는 것, 그리고 남들과
그 이야기를 공유하는 고귀한 일이야말로 '우리가 무언가가 되는 일'이
라고 말했다. 나는 그것을 '자신만의 소리를 내는 씨앗'으로 표현하고
싶었다. 지금 내가 그리는 이 그림은 미셸이 뿌린 씨앗 소리에 대한 하
나의 공명이다.

자신에게
주어진 몫을 다하라

긴즈버그의 말
_루스 베이더 긴즈버그, 헬레나 헌트

"목소리를 높이는 것에 부끄러워하지 마라. 목소리를 높여야 할 때는 외로운 목소리가 되지 않게 다른 사람들과 함께하라."

루스 베이더 긴즈버그는 법률가로서 일생을 여성과 소수자의 권리를 옹호하며 헌신한 두 번째 미국 여성 연방 대법관이다. 2020년 1월 우리나라에서 출간된 『긴즈버그의 말』은 긴즈버그 대법관이 변호사로서 변론하고 판사로서 심의했던 중요한 사건들에 대한 발언, 대중 연설과 인터뷰 등이 추려져 있어 그녀의 사상과 신념 그리고 태도를 엿볼 수 있는 책이다.

"차별을 겪어본 사람은 타인이 겪는 차별에 공감하기 쉽다"라고 말하는 그녀는 흠잡을 데 없는 이력을 갖고도, 유대인이고 여자인 데다 엄마였기 때문에 계속해서 구직에 실패했다. 교수로 재직할 때는 자신이 임신한 것이 알려지면 재계약을 못 할까 봐 큰 옷을 빌려 입고 숨겼던 경험이 있다고 고백한다. 최고 엘리트 여성조차 이런 차별을 겪었으니, 동시대를 살았던 평범한 여성들이나 유색인종 여성들이 어떤 삶을 살았을지 짐작조차 하기 힘들다.

이러한 시대를 살며 루스 베이더 긴즈버그는 끝없이 주장하는 삶을 살았다. 자신이 맡은 사건을 통해 사회 불평등과 불합리에 반대 의사를 분명히 피력했으며, 여성 인권사업 등을 통해서 여성의 재생산권 보장을 위해 힘쓰는 등 인간의 기본 권리를 쟁취하기 위해 끊임없이 싸웠다.

대법관이 된 이후 그녀의 별명은 'Notorious RBG'였다고 한다. '악명 높은 루스 베이더 긴즈버그Ruth Bader Ginsberg라는 뜻이다. 보수 성향 대법관들 사이에서 미국 대법원 내 최다 소수의견 기록을 세우는 과정에서 생긴 별명이다. 그녀의 소신 있는 행동은 매번 화제가 되었고, 법정 의견서, 어록, 패션 등 일거수일투족은 미국 젊은 층의 열렬한 지지를 받았다. 예술가들의 작품, 타투, 웹툰, 영화 등 대중매체에서도 'RBG 현상'이라는 말이 생길 정도였다. 그는 세상을 바꾸는 가장 뜨거운 진보의 상징이었다. 『긴즈버그의 말』에는 그가 세상에 남긴 말들이 새겨져 있다. 그런데 그 모든 문장이 내 가슴을 뛰게 만든다.

"삶의 길을 갈 때 발자국을 남겨라. 후세의 건강과 안녕을 추구하는 방향으로 사회가 나아갈 수 있도록 자신에게 주어진 몫을 다하라."

노령이 돼서도 세상의 불평등한 빈틈을 채우기 위해 자신의 몫에 최선을 다하며 용기 있는 삶의 발자국을 새겼던 긴즈버그는 2020년 9월 18일 87세의 나이로 세상을 떠났다. 그를 애도하는 과정에서 나는 '자신에게 주어진 몫을 다하라'는 긴즈버그의 문장에 꽂혔다. 특히 '몫' 이라는 단어가 비수처럼 날아왔다. 나는 그 의미를 계속 되새겼다. '몫' 이란 '여럿으로 나누어 가지는 부분'이다. 그녀가 이야기하는 '몫'은 그 의미가 달랐다. 단지 자신이 갖는 것이 아니라 '자신이 갖고 있는 몫을 나누어 주기 위한 행위'였다. 이렇게도 생각할 수 있다니 놀라웠다.

긴즈버그는 페미니즘에 대한 가장 간단하면서도 본질을 포착해 설명하면서, 말로 토머스와 친구들MARLO THOMAS AND FRIEND이 부른 '자유롭게 너와 내가 되자'(프로젝트 앨범 'Free to Be You and Me'에 수록, 1972년)라는 노래 가사를 인용했다.

"……모든 소년이 자기 자신으로 성장하는 땅 / 모든 소녀가 자기 자신으로 성장하는 땅 / 내 손을 잡고 나와 함께 아이들이 자유로운 그곳으로 / 나와 함께 내 손을 잡고 그곳에서 달리자 // 강물이 자유롭게

아이들이 자유로운 그곳으로

80x65cm Oil on Canvas 2020

흐르는 땅으로 / 초원을 지나는 땅으로 / 빛나는 바다에 이르는 땅으로 / 말들이 자유롭게 달리는 땅으로 / 아이들이 자유로운 땅으로 / 너와 내가 자유롭게 / 너와 내가 자유롭게 / 너와 내가 자유롭게 너와 내가 되는 그곳으로.˝

　나는 곧 캔버스를 꺼내 이 노래의 일부분을 썼다. 독특한 개성들을 가진 모든 소년 소녀가 자기 자신의 소리를 낼 수 있고 '자기 자신으로 성장하는 땅'을 자유롭게 누리기를 바라는 마음을 캔버스 위에 새기고 싶었다. 이것이 '후세'를 위해 할 수 있는 '나의 작은 몫'으로 느껴졌다.

4.

모든 생명은
찬란하다

나는 대지에게
무슨 선물로
보답할 수
있을까?

자연은
'베풂의 춤'을 춘다

향모를 땋으며
_로빈 월 키머러

"서 있는 사람들에게 배우라."

놀랍게도 여기서 '서 있는 사람'이란 '식물'이다. 그렇다면 '식물들에게 배우라'는 뜻이 되는데, 그렇게 바꿔 놓자마자 그다지 감흥을 주지 못하는 문장이 된다. 그런데 무슨 이런 희한한 어법이 있나? 생각해 보면 '서 있는 사람'은 단순히 식물을 의인화한 것만이 아니다. 저 문장은 '식물을 사람처럼 여기고 느낄 수 있는 마음'에 대해 잠시나마 생각하게 만든다. 우리가 인디언이라고 불렀던, 아메리카 원주민식 어법이다. 사람 이름을 '늑대와 함께 춤을' 혹은 '주먹 쥐고 일어서'와 같이 지어 불렀다는 그 사람들의 문법. 로빈 월 키머러가 어린 시절, 부족의 지혜로운 연장자에게서 들은 말이다.

『향모를 땋으며』의 저자 로빈 월 키머러는 아메리카 원주민인 포타와토미족 출신 식물생태학자다. 그녀는 이 책에서 사라져 간 인디언 부족의 전통과 토착 지식이 어떻게 과학과 연결될 수 있는지, 인간과 대지의 부서진 관계를 어떻게 치료할 수 있는지 모색하고 그 이야기를 들려준다. 엄마이자 시인이기도 한 그녀는 객관적인 과학과 신비로운 영성이 조화롭게 어우러지는 이야기를 통해 이 세상을 바라보고 기억하는 새로운 시각을 제공하고 있다.

'향모'라는 풀이 낯설었다. 사진을 찾아보니, 지나가다 본다 해도 전혀 눈에 띄지 않을 만큼 평범한 모습이다. 향모의 학명은 라틴어로 'Hierochloe odorata'(히에로클로에 오도라타)인데, '향기롭고 성스러운 풀'이라는 뜻이다. 미국 원주민 말로는 '윙가슈크'라고 부르며, '어머니 대지의 머리카락'이라는 의미다. 그들의 전설에 따르면 향모는 대지에서 가장 먼저 자란 존재다. 또한 이 향기로운 식물을 성스럽게 여겨 중요한 제의용이나 약초로 쓰기도 하고 바구니를 만들기도 한다. 다만 대지가 주는 자연의 선물은 감사하고 보답해야 하는 대상이며, 특히 향모는 성스러운 식물이기에 사고팔지 않는다고 한다.

로빈 월 키머러는 『향모를 땋으며』에서 이 작은 풀 하나를 가지고 놀라울 만큼 거대한 사유로 도약해 나간다. 지구상의 모든 인간에

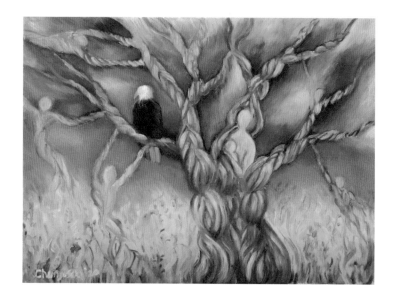

Chi megwech

33.6×24cm Oil on Canvas 2020

게 문명사적 인식의 전환을 제안한다. 시장경제의 근간은 서로 사고파는 것이다. 하지만 인간이 자연을 재화가 아닌 '선물'로 볼 수만 있다면, 자연과 인간이 모두 변화되어 진화 적합도를 높일 수 있다는 것이다. 아메리카 원주민 출신 생태학자가 들려주는 이 이야기는 곱씹을수록 설득력이 있었다. 사유 재산을 전제한 오늘날의 시장경제체제 관점에서 '선물'은 단지 대가를 치르지 않고 공짜로 받는 것을 의미할 뿐이지만, 저자가 말하는 '호혜적 선물 경제'에서 선물은 공짜가 아니다. 선물의 본질은 '관계를 창조한다'는 것인데, 서로 혜택을 누리는 '호혜성'이 '화폐'가 되기 때문이다.

지금 인류의 경제 시스템은 자연을 파괴할 뿐이다. 자연에 대한 착취가 곧 인간의 부를 의미한다. 하지만 저자의 제안대로 '시장경제체제'에서 '선물경제체제'로 바꿀 수 있다면, 우리가 자연을 존중하는 것이 곧 '부자'가 되는 방법이다. 지금 우리는 자연이 아낌없이 '선물'을 주는데도, 끝없이 가져가기만 할 뿐 아니라 파괴하고 결국 멸종시켜 버린다. 선물을 받는 것이 아니라 강탈하는 것이다. 저자는 우리에게 묻는다. "우리가 주어진 것만 취했다면, 자연의 선물에 보답했다면, 오늘날 오염을 두려워할 필요가 있었을까?"

이 대목을 읽으며 지금의 인간은 지구라는 몸에 깃든 '암'과 같은 존재라는 생각이 들었다. 암세포는 결국 변이된 자신의 세포다. 몸의 외부에서 침범한 세균이나 바이러스 같은 것이 아니다. 기막힌 상징이다. 인간도 결국 자연의 소산이며 일부다. 그런 인간이 자연을 좀먹고 죽이는 방식으로 생존 방식을 채택한 것은 암세포 존재 방식과 완전히 똑같지 않은가.

로빈 월 키머러는 모든 자연은 '베풂의 춤'을 춘다고 말한다. 그러면서 대지는 그저 우리에게 주어진 것이 아니라 우리가 '전해야 하는 선물'임을 명심하라고 충고한다. '선물'이라는, 매우 소박하고 온화한 단어 하나로 눈이 번쩍 뜨이고, 영혼이 일깨워졌다.

"나는 대지에게 무슨 선물로 보답할 수 있을까?"

『향모를 땋으며』를 읽은 후 줄곧 내 머리에서 떠나지 않는 질문이다. 잠든 아이를 가만히 내려다본다. 책 한 권을 읽고서는 내 평생 풀어야 할 숙제를 하나 받았다. '베풂의 춤'을 이 아이에게 어떻게 가르칠 것인가?

아이가 잠에서 깨면 'Chi megwech(치 메그웨치)'라고 말해 주려고 한다. '감사합니다'라는 뜻을 담은 포타와토미족의 인사다.

우성과
열성 따윈 없다

저도 과학은 어렵습니다만 2
_이정모

　"생화학과에 진학했다. '생화(꽃)'를 연구하는 과인 줄 알았더니 생물과 관련된 화학작용을 연구하는 과였다. 전공과목이 재미있어서 이때부터 과학자를 꿈꾸게 됐다. (…) 지금은 2017년 5월에 개관한 서울시립과학관의 관장으로 일하고 있다. 서울시립과학관에는 '만지지 마시오'라는 팻말이 없다. 되레 어떻게 하면 관람객들이 전시물을 더 만져 보게 할까를 고민한다. 관람객들이 전시물을 상상도 못 한 방법으로 망가뜨려놓으면 무지무지 기쁘다. 왜냐하면 과학은 실패하는 것이기 때문이다. 그래서 실패를 자랑스럽게 발표하고, 전시하고, 격려하는 공간을 꿈꾸고 '올해의 왕창 실패상' 같은 것을 제정하게 되기를 꿈꾼다."

엉뚱한 사람이다. 저자 프로필부터 이렇게 독자를 웃기다니! 신문에 실린 이정모 관장의 사진을 본 적이 있다. 과학에 대해서는 모르는 게 없지만, 과학 빼곤 아무것도 모를 것 같은, 천진난만한, 만화 속 천재 과학자의 얼굴. 동명의 전작이 과학이라는 통쾌한 도구로 우리의 잘못된 통념들을 깨부쉈다면, 신작 『저도 과학은 어렵습니다만 2』는 과학을 통해 우리가 정의롭고 행복한 사회, 명랑하고 안전한 사회를 만들 수 있다는 것을 보여준다.

그는 미래의 과학자들에게 "과학자가 되고 싶으면 문학에 손을 놓지 말라"고 조언한다. 나는 그림을 그리기 위해 책을 읽고 있다. 그래서 이 말을 정확하게 이해한다. 인간은 언제나 인간과 이어져 있어야 하고, 그래야만 인간으로서 완성된다. 혼자로서의 인간은 온전한 존재가 아니다. 따라서 예술이건 과학이건, 그 무엇이든 간에, 혼자만 가지고 있는 것은 오히려 불완전함을 만든다. 인간은 사회적 존재이기 때문이다.

'과학자가 연구실에서 실험이나 하지 왜 자꾸 대중들에게 말을 걸려고 하느냐'고 생각하는 사람도 있을 수 있겠다. 이것을 나의 직업에 비유하자면 '화가가 색칠이나 계속하지 왜 자꾸 그림을 전시하려고 하느냐'는 말과 같다. 처음부터 사람을 위한 것이 아니라면 그림이건 과학이건 그게 대체 무슨 의미가 있을까? 누군가에게 알려주지도 않을 거면 그것을 왜 알고 있어야 하겠는가.

저자는 "우리의 하루는 과학적 사건으로 가득합니다"라고 썼다. 이 문장에서 방점은 '과학'보다는 '우리'에게 찍혀 있다. 과학을 빙자했지만, 종교 교리를 적은 일종의 경전이 아닐까 하는 생각이 들 지경이었다. 가령 이런 대목을 읽을 때 그랬다.

'우성優性/열성劣性'이라는 단어는 유전자가 우월/열등하다는 느낌을 주는데, 그 표현은 옳지 않다고 저자는 말한다. 멘델의 유전법칙에서 둥근 형질과 노란 형질의 콩은 '우성', 울퉁불퉁한 형질과 초록 형질은 '열성'으로 표현하는데, 아무리 완두콩이 말 못 하는 생명체라고 해도 그렇게 말하는 거 아니란다. 만약 종교심 비슷한 것을 장착하고 읽는다면 '생명에 대한 편견 없는 사랑'을 의미하는 구절이라며 설교도 가능하겠다는 생각이 들었다. 물론 농담이다. 코믹한 과학책을 읽어서인지 자꾸 농담이 떠오른다. 읽는 동안 여러 번 웃었고, 그래서 읽는 내내 행복했다. 행복감을 선사하는 과학책이라니! 과연 영험하다.

왼손잡이도 열성이다. 왼손잡이로 태어난 나는 그게 잘못된 일인 줄로만 알았다. 왼손잡이들만 느끼는 미묘한 사회적 억압이 있다. 그 억압 덕분에 나는 왼손으로는 그림을 그리거나 식사를 하고, 오른손으로는 글씨를 쓰거나 가위질을 하게 됐다. 결국 '양손잡이'가 된 셈인데, 그럼 이제 나는 오른손잡이보다 더 유능한 것이 아닌가. 우성과 열성이라는 표현은 오해와 편견 그리고 혐오로 이어질 수 있다는 저자의 의견에 공감했다.

실제 이런 차별적 표현에 반기를 든 일본유전자학회는 2017년 우성과 열성이라는 용어를 더 이상 사용하지 않고 '현성顯性'과 '잠성潛性'이라는 용어를 쓰기로 했다. '눈에 띄는 성질'과 '숨어 있는 성질'이라는 뜻이다.

맞춤법과 교열의 대가이기도 한 엄민용 기자와 얼마 전 대화를 한 적이 있다. 그는 '경력단절여성'이라는 표현보다 '경력보유여성'이라는 표현으로 바꿔야 옳다고 말했다. 나는 그 말에 무릎을 쳤다. 언어는 존재의 집이다. 그의 기발한 발상도 놀라웠지만, 그가 살아가고 있는 존재의 집에 더 감탄했다.

『저도 과학은 어렵습니다만 2』는 인생에 대한 여러 가지 깨달음을 나에게 던져준 책이다. 과학은 엄정함을 다룬다. 그래서 보통은 차갑다. 이 책은 체온을 가진 과학책이었고, 그 최적의 온기 속에서 나의 뇌세포들은 맛있게 발효됐다. 발효는 도약이다.

나는 도약적인 상상을 해 보려고 했다. 우주가 쉽게 떠올랐다. 그제야 나의 왼손을 들어 붓을 잡았다. 생명의 모습을 그리고 싶었다. 스스로를 절대적 우성쯤으로 여긴 인간. 그런 오만한 인간에 의해 희생되고 멸종된 생물들을 그리고 싶었다. 그들이 모두 우주의 별이 되길 바랐다.

별의 생성

53cm×45.1cm Oil on Canvas 2019

생명의 요람이면서
묘지

흙의 시간
_후지이 가즈미치

"엄마, 사슴벌레가 왜 저래요?"

시골길을 앞서 걷던 아들이 뭔가 발견한 듯 쪼그리고 앉아 땅을 응시하다가 고개를 돌려 물었다. 다가가 살펴보니 사슴벌레가 뒤집혀 있었고, 개미 떼가 까맣게 몰려들고 있었다. 여섯 살 난 아들에게 죽음을 어떻게 이야기해야 할지 몰라 잠시 망설였다.

"응…… 이젠 다 살아서 하늘나라로 갔단다."

그 말을 들은 아들은 진정으로 슬퍼했다. 그날 나들잇길 내내 죽은 사슴벌레 이야기를 했다.

"엄마, 사슴벌레가 하늘나라에 잘 갔겠죠?"

나는 고개를 끄덕이긴 했지만, 아들의 눈을 보며 잠시 생각에 빠졌다. 죽음에 대해 이토록 관념적이고 추상적인 언어로 얼버무리는 것이 과연 옳은 일인지. 하지만 그날은 생각만 하고 말았다. 여섯 살 아이에게 죽음에 대해 설명하는 일은 무척 어려운 일이었다. 그러다 문득 '그렇다면 나는 죽음을 아는가?' 스스로에게 물었다. 아이는 빠르게 성장하고 있다. 분명 얼마 지나지 않아 죽음에 대해 다시 물어볼 것이다. 아이들의 호기심은 그런 것이다. 스스로 납득할 때까지 끝없이 답을 찾고 또 묻는다. 세상에서 가장 순수한 집요함 앞에서 이제 나는 무엇을 어떻게 대답할 것인가.

그날 이후 한동안 '죽음'을 주제로 다룬 책들 주위를 두리번거렸다. '죽음'으로 검색되는 책들은 대개 그랬다. 실로 까마득하게 깊고 깊은 이야기들을 펼쳐 놓고 있었다. 그 거대하고 방대한 것을 여섯 살 아이에게 고스란히 전해 줄 방법이 없었다.

"언제나 생명으로 넘치는 대지. 하지만 '생명의 대지'는 동시에 멸종된 수많은 생물들의 '묘지'이기도 하다. 그리고 우리 인류는 그 연장선상에서 살고 있다."

뜻하지 않던 책에서 뜻하지 않은 문장을 얻었다. 『흙의 시간』이라는 생태학책이었다. 나는 이 간결한 문장을 실마리로 아들에게 사슴벌레의 죽음을 설명해 주기로 마음먹었다.

『흙의 시간』은 생태학 박사 후지이 가즈미치가 흙과 생물의 5억 년 발자취를 좇은 다큐멘터리다. '흙이 얼마나 놀라운 존재인가'에 대한 것뿐만 아니라, 흙과 함께 한 자연사와 인간사까지 폭넓고 흥미롭게 다루고 있다.

인간을 뜻하는 단어인 'human'은 라틴어 'humus'에서 유래했는데, 이는 '대지'라는 뜻이지만 '부식'이라는 뜻도 함께 담고 있다. '흙에서 태어나서 흙으로 돌아간다'는 표현은 단지 문학적 수사만이 아니었다. 특히 '흙은 지구의 특산품'이라는 설명이 흥미로웠다. 흙은 단지 광물이 잘게 부서진 것만을 의미하지 않는다. '흙'이란 이 무기물에 동식물이 분해되면서 생긴 유기물이 혼합돼 있는 것이다. 따라서 생명이 존재하지 않았다면 '모래'는 존재했겠지만 '흙'은 존재할 수가 없다. 그리고 흙 속의 유기물질들은 고스란히 지구상 모든 동식물의 구성요소가 된다. 삶과 죽음이라는 에너지 이동이 '흙'이라는 물질을 사이에 두고 끝없이 순환하고 있다는 것이다.

책에는 10만 년 전, 150만 년 전, 1000만 년 전에 탄생한 토양 단면사진이 나온다. 기나긴 흙의 시간이 실감 난다. 그 속에서 끝없이 살아 숨 쉬던 지구상 모든 생명들의 모습. 그 눈부시게 치열했을 생존이 손에 잡힐 듯한 이미지로 떠올랐다.

'흙의 나이테'를 상상했다. 지표면이 아닌 그 나이테를 내 손으로 직접 잡아 올려 '흙의 시간'을 그림으로 표현해 보고 싶었다. 가장 먼저 캔버스 위에 소용돌이 모양으로 흙의 나이테를 그렸다. 5억 년 동안 모든 생명들이 이 나이테에 엮여 있다. 지의류, 양치식물, 거대곤충, 공룡, 그리고 사람. 얼마 전 흙으로 돌아간 내 아들의 사슴벌레까지, 그것들을 하나하나 그려 넣었다.

이 그림으로 내 아들에게 '죽음'을 설명해 주고 싶었다. 흙을 매개로 끝없이 순환하는 생명의 원리를 설명함으로써 자연과 죽음을 이해시키고 싶었다. 죽음은 생명에게 벌도 고통도 어둠도 아니며, 끝도 아니라는 것을 이야기해 주고 싶었다. 그리하여 세상 모든 생명이 흙에 적응하며 살아가듯, 나의 아들도 대지에 굳건히 뿌리박고 서서 끝내 꽃을 피워낼 수 있는 그런 고마운 삶을 살아내길 소망했다.

그림을 다 그리고 나서, 아들을 그림 앞에 불러 앉혔다. 그리고 이렇게 말을 꺼냈다.

"며칠 전 우리가 길에서 봤던 그 사슴벌레 말이지…….그 사슴벌레의 영혼은 하늘로 갔고, 몸은 흙으로 갔단다."

흙의 나이테

45.5x38.5cm Oil on Canvas 2017

몇 해 더 지나 아들이 학교에 들어갈 나이가 되면, 나는 이 그림을 선물로 주며 덧붙여 이렇게 말해 주려고 한다.

"몸과 영혼이 합쳐진 것을 '삶'이라고 하고, 몸과 영혼이 나뉘는 것을 '죽음'이라고 부르지. 그러니 삶과 죽음은 서로를 완성시켜 주는 것이란다."

숲의 주문에
응답하라

숲의 즐거움
_우석영

"걷는 사람은 잠시 '동떨어진' 사람이다. 사회적 의무와 관계, 소속
단체와 지위, 페르소나…… 이 모든 것에서 잠시 해방돼 오직 걷는 심
신이라는 단순한 존재로 돌아갈 때, 우리에게 다른 시간이 열려 온다."

나는 우석영을 아주 독특한 철학자로 기억한다. 몇 해 전, 그의 책
『철학이 있는 도시』를 보면서 '세상을 이런 각도로 볼 수도 있구나' 하
고 시종 감탄했던 기억이 있다. 그 책은 50여 장의 다양한 미술 작품들
을 통해 현대 한국과 한국인, 도시의 문제를 탐색하는 내용이었다. 그
림을 보는 것만으로 그토록 구체적인 사회학적 사유가 펼쳐질 수 있다
는 것이 놀라웠다.

그의 새 책 『숲의 즐거움』이 최근 출간됐다. 숲과 산책에 관한 철학 산문이다. 숲과 산책에 대한 예찬을 넘어 우리가 숲과 더불어 교감하며 살아가는 방법을 알려주는 책이다.

우선 그는 '숲과 사귀라'고 권한다. '사귀다'라는 말은 "서로 얼굴을 익히며 친하게 지내다"라는 뜻이라면서, 숲을 산책하며 사귀는 시간이 곧 자신과 친해지는 시간임을 이야기한다. 숲은 자기 자신과 삶에 대해 성찰할 수 있는 최적의 장소라는 것이다.

그러면서 "숲을 찾아갔다면, 비밀의 단서를 찾아보라는 숲의 주문에 응답해야 한다"고 나에게 주문한다. 주문注文이 주문呪文처럼 내 가슴에 들어왔다. 저자는 숲을 마치 마법이라도 펼쳐지는 곳처럼 묘사했다. 자기 자신을 소중한 친구로서 사귀게 하는 마법. 물론 저자가 몽환적인 문체 따위를 동원한 것은 아니다. 다만 내가 그리 읽었다, 그리고 싶었기 때문에. 이 책을 읽는 내내 저자와 함께 숲을 걸었고, 철학자와의 산책은 그 자체로 깊고 맑은 사유가 됐다.

아들에게 동화책을 읽어주다가, 곤충이 사람을 '움직이는 나무'라고 지칭하는 대목을 본 적이 있다. 관점이 무척 흥미로웠다. '곤충에 의해 식물로 분류된 인간'이라니, '곤충은 화가 같구나' 하고 생각했다. 형태적으로 보면 사람의 몸통은 나무의 기둥이며, 팔과 손가락은 나뭇가지와 같다. 또 나무는 계절의 변화에 따라 끝없이 모습이 바뀐다. 인간도 한평생 끊임없이 변해 가니 이런 점도 닮았다. 곤충처럼 생각하

숲과 나

65×53.5cm Oil on Canvas 2020

면 나무와 사람을 굳이 분류할 이유도 없을 것이다.

『숲의 즐거움』을 읽고 나서 집 밖으로 나가 숲을 걸어 보았다. 그리고 그 길에서 곤충처럼 생각해 보았다. 그랬더니 '나무는 움직이지 않는 사람'이었다. 내가 그리 말을 하자 나무가 곧 회답했다. 나무는 '움직이지 않는 사람'이라는 자신에 대한 비유를 썩 마음에 들어하지 않았다.

"우리는 광합성을 통해 지구의 산소 농도를 조절하지. 또 우리는 지구상의 모든 생명을 숨 쉬게 만들어 줘. 하지만 너희는 우리에게 무엇을 주지? 플라스틱? 미세먼지? 화학물질? 방사능? 너희도 생명이면서 왜 모두 함께 영원히 살아갈 생각을 하지 않지?"

그날 숲길에서 나무는 나에게 많은 것을 물었다.

저자는 『숲의 즐거움』에서 숲과 식물을 이해하려면 멈춰야 하고, 관찰하거나 관조해야 하며, 생태적 상상력을 발동해야 한다고 말한다. 가만히 생각해 보니, 이것은 산책하는 아이들의 행동과 똑같다. 숲을 산책하는 아이들은 지나가는 개미나 풀들을 만나기 위해 기꺼이 걸음을 멈추고, 그들과 온갖 이야기를 나눈다. 때때로 숲을 산책하고 온 날, 아이들은 깜짝 놀랄 만한 깨달음이 담긴 말들을 불쑥 꺼내기도 한다. 숲에서는 아이들이 우리 어른들의 선생님이며 보호자인 것이다.

비상과 유영의
꿈을 품고

나무처럼 생각하기
_자크 타상

어떤 책은 상식적인 이야기인데도 그 근거를 다시 살펴보고 싶을 때가 있는 반면에 어떤 책은 근거를 전혀 살피고 싶지 않을 때도 있다. 그냥 믿고 싶은 것이다. 『나무처럼 생각하기』가 그런 책이었다. 의심 없이 그냥 믿는 것이 훨씬 좋겠다는 판단을 하게 만드는 그런 힘이 있었다. 날 전적으로 위해 주는 책이란 생각이 들었다. 모성애처럼 느껴지는 과학책이라니! 부드럽고 강력했다. 묘한 책이었다.

이 책의 저자 식물학자 자크 타상은 "인간의 몸과 마음에는 나무의 흔적이 남아 있다"고 말한다. 식물을 의인화해 표현한 시를 읽는 것처럼 느껴진다. 하지만 놀랍게도 이 책은 과학책이다. 과학적 근거가 없는 이야기가 아닌 것이다.

인간은 지구상에 태어난 이후 나무를 딛고 성장했고, 그래서 유연한 척추부터 튼튼한 치아, 색을 구별해 내는 시각까지 호모사피엔스의 육체에는 나무의 흔적이 고스란히 남아 있다고 한다. 또 유연하면서도 자유롭게 움직이는 근육이 붙어 있는 인간 육체의 모든 골격은 나무가 우리에게 남긴 지워지지 않는 흔적이며, 우리 감각체계도 나무로 인해 재구성됐다는 것이다. 식물을 연구하는 과학자가 '시인이자 철학자'라는 평가를 받는 이유를 금방 이해할 수 있었다.

그에 따르면 인간은 예로부터 나무와 함께 살아왔는데, 언제부터인가 인간이 나무를 벗어나면서 많은 괴로움을 겪게 됐다고 한다. 만일 인간이 그 고통을 벗어나고 싶다면 나무에게 다시 가까이 가야 하고, 그러기 위해 우리는 나무처럼 생각해야 한단다.

『나무처럼 생각하기』에 등장하는 나무는 예수 같기도 하고, 청록파 시인들의 문학사상 같기도 하다. 그러나 거듭 말하지만, 이 책은 '과학책'이다. 끊임없이 읽는 이들의 가슴을 향해 문학적으로 스며드는 희한한 과학책이다.

심지어 저자는 "우리가 태어났을 때 나무가 우리에게 세상에 존재하는 방법을 가르쳤다면 세상을 배우는 방법 또한 가르쳤을 것이다"라고 말한다. 나는 이 대목을 읽을 때 마음을 정했다. 그냥 '경전'처럼 마음 편히 읽자고. 놀랍게도 그렇게 결정하자마자 엄청난 영감들이 밀려

들었다.

　"결핍이 식물들의 다양성을 키운다"고 설명하는 대목이 있다. 실제로 건조한 초원일수록 다양한 색채의 꽃들이 피어난다. 풍부한 자양분과 온화한 기후 등 충분한 조건 속에서 식물이 잘 자란다고 생각하지만, 현실은 그 반대라고 한다. 결핍 속에서 강인해지는 것은 비단 나무만이 아니다. 인간도 똑같지 않은가.

　인류가 막 탄생했을 때 나무가 우리에게 세상에 존재하는 법을 가르쳤던 것처럼, "나무는 지금도 여전히 우리에게 세상을 배우는 방법을 가르치고 있다"고 이 책은 말한다. "우리 인류가 불행과 고통 속에 빠져든 것은 나무를 떠나 나무의 가르침을 잊었기 때문"이라는 저자의 말을, 나는 믿기로 했다.

　'나무처럼 진실하고 올바르게 성장하라', '나무는 서두르지 않는다', '대립 없는 공생으로 보답하는 나무', '다름을 받아들이고 나아가는 나무'……. 책에 적힌 목차 하나하나가 곧 신의 계명처럼 다가온다. 책을 읽으며 그림을 그리는 경우도 있지만 『나무처럼 생각하기』의 경우엔 마지막 책장을 덮고 나서도 며칠을 더 기다려야 했다. 충분한 사유 시간이 필요했다.

　울창하고 화려한 나무의 모습도 멋지지만, 앙상한 나뭇가지 속에

설레는 나무

27.5×27.5cm Oil on Canvas 2019

는 새로운 삶을 준비하는 강한 생명이 숨 쉬고 있다. 나는 그 모습이 가장 아름답다고 느낀다. 그 기막힌 생명력으로 나무는 가혹한 결핍들을 견디다가, 따뜻한 봄 햇살을 신호로 꽃을 피운다. 화가로서의 내 의도는 딱 거기까지였다. 다 그려놓고 보니 화폭 속 나무가 거대한 나방이나 익룡처럼 보인다. 땅을 박차고 오르려는 동물적 생명력이 느껴졌다. 나무는 수억만 년 동안 땅에 뿌리가 잡혀 살아야 했기에, 오히려 우주만큼 커다란 '비상飛上과 유영游泳의 꿈'을 품고 있지 않을까?

『나무처럼 생각하기』는 나에게 '비상과 유영의 꿈'을 각성시켜 준 책이다.

아무래도 다시 살아야겠다. 날고 헤엄치면서.

신의 뜻을
땅에 새기고

지킬의 정원
_거트루드 지킬

"정원예술가는 아름다운 화초와 나무를 그저 바라보는 데서 그치지 않고 이들에게 가장 가치 있고 가장 훌륭한 쓰임새를 찾아주고 싶은 사람인지라……."

『지킬의 정원』은 정원의 나라 영국을 대표하는 정원가이자 아티스트 거트루드 지킬의 자전 에세이다. 그녀는 색채 미학과 사진을 공부한 화가이자 금속세공·목공예·자수에 능한 공예가였다. 식물을 수집·재배하고 30종 이상의 품종개량에 성공한 원예가이면서 유럽과 미국 등지에 무려 400곳이 넘는 정원을 설계한 정원 디자이너이기도 했다. 정원을 한 폭의 그림처럼 표현해 완성하는 지킬의 정원은 세계 정원 디자인 역사에 획을 그었다고 한다.

『지킬의 정원』을 읽으며, 지킬이 정원에서 수많은 초목을 키우면서 생명과 예술에 대한 철학을 표현한 것에 어떤 메시지가 숨어 있을까 생각해 보았다. 그러자 그녀의 삶과 예술이 어떤 숭고한, 그러니까 종교적 행위로까지 느껴졌다. 어쩌면 그녀는 자신의 손으로 '신의 뜻'을 땅에 새기려 한 것은 아닐까 싶었다. 조화로운 세계를 직접 만들고자 하는, 그런 뜻 말이다. 바로 이 대목을 읽을 때 떠오른 생각이다.

"아무리 건조하고 헐벗고 볼품없는 땅이라도 잘 길들이면 즐겁고 아름다운 인상을 줄 수 있다. 물론 쉽게 되지는 않는다. 해볼 가치가 있는 많은 일이 그렇듯이 말이다. 하지만 자연 상태의 장소 가운데 적당한 초목의 꾸밈으로 아름다워지지 않는 땅은 없다."

지킬에게 땅은 분명 작은 우주였을 것이다. 그래서 밤하늘 별자리를 정하듯 나무를 심고 씨앗을 뿌렸을 것이다. 그녀가 정원을 통해 구현하려 했던 것이 어떤 의미인지는 이렇게 짐작했다.

그렇다면 지킬은 왜 자신의 온 생을 바쳐 이런 구현을 시도했을까? 자연스럽게 지킬의 내면과 배경이 궁금해졌다. 본래 그녀는 화가이자 자수 전문가였다. 그러나 마흔을 넘기면서 시력을 잃어갔다. 정교한 시력이 필요한 그림과 자수를 할 수 없게 되자 그녀는 가장 크고 넓은 캔버스를 찾아낸 것이다. 책에는 이 부분에 대한 묘사가 스치듯 간결하게 그려질 뿐이다. 나는 지킬이 점차 시력을 잃어가다가 결국 정원을 찾아내는 그 과정을 최대한 증폭시켜 읽었다. 마치 조그셔틀을 앞뒤로 돌려가며 미세한 출력 조절을 하듯이. 그러자 곧 어마어마한 그녀의 절망과 그보다 더 어마어마한 삶에 대한 의지가 내 눈앞에 선명하게 펼쳐졌다.

'내가 작은 것들을 볼 수 없게 만드신다고? 그렇다면 세상에서 가장 큰 그림을 그리라는 뜻이군!'

정원만큼 아이와 동물을 사랑한 지킬은 아이에게 아이의 꽃밭을 주자고 말한다. 아이를 위한 꽃밭의 자리, 도구, 도면 그리는 법과 무슨 꽃을 심어야 할지까지 알려준다. 마음만 먹는다면 누구나 실천할 수 있을 정도로 꼼꼼하고 자상한 설명이다. 지킬 할머니가 내 옆에서 이야기해 주는 듯하다.

당장 내 아들에게 정원을 만들어 주고 싶었다. 하지만 지금 내가 사는 집에는 정원이 없다. 그래서 나도 지킬처럼 행동하기로 했다. 다만 지킬과 역순이다. '내겐 정원을 만들 땅이 없잖아. 그렇다면 캔버스에 작은 정원을 그리라는 뜻이군!' 대신 이것은 그림이기보다는 우리만의 정원이기도 하니까, 아이와 함께 그리기로 했다.

나는 지킬의 선택을 역순으로 계속 따라가 보고 싶었다. 그녀는 비

아이의 정원

53×45.5cm Oil on Canvas 2019

현실의 회화를 현실의 정원으로 구현했다. 그래서 우리의 정원을 비현실적으로 그리기로 했다. 지킬의 지시대로 따르면서 말이다. 작약, 천수국, 물망초, 매발톱꽃, 헐떡이풀, 유럽 밤나무……. 내 그림 속 초목들은 모두 아이의 꽃밭에 심기 좋은 것이라고 그녀가 알려준 것들이다. 형태가 쉽게 떠오르지 않는 초목들은 식물도감을 찾아보며 그렸다. 아니, 캔버스 위에 하나하나 심었다는 표현이 더 어울리겠다. 그 순간은 그림을 그리는 게 아니라 정원을 만드는 것이었으니까.

그림으로 나무를 심어 완성한 나의 정원을 세워놓고 한참을 응시했다. 이 정원을 보여주고 싶은 한 사람이 떠올랐다. 세상의 풀과 꽃과 나무들에게 가장 훌륭한 쓰임새를 찾아주고 싶어 했던, 지킬 할머니와 여러모로 닮은 분이다. 내가 존경하는 그분은 식물 대신 사람의 쓰임새를 찾아 새롭고 창조적인 역할을 하도록 만드는 분이다.

캔버스 속 나의 정원 가운데에 숨바꼭질을 좋아하는 내 아이를 그려 넣었다. 아이가 자라 세상에 나가도 숨바꼭질을 멈추지 않았으면 좋겠다는 내 마음을 담았다. 세상에 가장 아름답고 가치 있는 것들은 모두 눈에는 잘 보이지 않는다. 그것은 눈이 아니라 마음으로만 볼 수 있고 신념으로만 찾을 수 있을 것이다. 내 아들이 그것을 계속 찾아가며 자신의 인생을 채우길 바란다. 내가 존경하는 그분도 내가 그린 아이의 정원에 함께 초대했다. 내 아이가 평생 찾아내야 할 보물들을 찾아가는 단서들도 그분이 전해 주실 것 같았기 때문이다.

오늘만은 내 그림을 '마법의 정원'으로 보아주셔도 좋겠다. 내 글의 독자들이 내 정원으로 오시는 동안 자신만의 꽃길을 걷게 해 드리고 싶다.

진짜이면서
진짜처럼 보이는

감각의 미래
_카라 플라토니

『감각의 미래』는 과학 저널리스트이자 작가인 카라 플라토니가 최신 인지과학 현장을 3년간 직접 취재해 얻은 관찰과 기록, 깨달음까지 담은 책이다. 인지과학이란 인간의 뇌가 세상의 자극을 어떻게 받아들이고 반응하는지를 탐구하는 흥미로운 학문이다.

저자는 뇌를 통해 우리가 인식하는 세계는 때론 현실 세계와 동일할 수도 있고, 어쩌면 전혀 다른 세계일 수도 있다고 말한다. 우리 앞에 펼쳐진 이 세계는 '진짜'이자 '진짜처럼 보이는 것'일 수 있다는 것이다. 예를 들어 우리는 보통 촉각이 손끝이나 피부, 신체 부위를 통해 직접적으로 체감된다고 생각하지만 실제로는 그렇지 않다. 외부로부터 받은 자극은 전기신호로 변환돼 뇌로 전달되고 뇌는 그 전기신호를 가공해서 우리가 어떻게 느껴야 하는지를 다시 알려주게 되는데, 그것이 바로 '인식'이라는 얘기다.

"이제 맨 처음에 있었던 울타리로 가십시오. 당신은 이곳에 200일가량 있었고 목표체중에 도달했습니다. 이제 도축장으로 갈 때가 됐습니다."

목소리는 느닷없이 전혀 예상치 못한 말을 던진다. '도축장'이라는 말을 듣자 슬픔과 두려움이 밀려온다. 가상현실 체험에서 저자는 소가 된 것이다. 저자는 드넓게 펼쳐진 초록의 들판에서 살아가는 통통하고 사랑스러운 송아지가 된다. '신체 전이'(body transfer : 의식이 외적 표현으로 이동하는 현상)를 경험한 것이다. 그러나 목표체중에 이르러 도축장으로 갈 때가 됐다는 목소리가 들리자 함정에 빠진 기분을 느끼게 된다. 이와 동시에 자신의 아바타가 된 소에게 죄책감과 책임감을 가지게 된다. 저자는 이 가상현실 실험 후 실제로 인식에 변화가 생기는 바람에 햄버거를 영원히 먹지 못하게 된 경험을 들려준다.

뇌는 가상 경험과 실제 경험을 구분하지 못한다고 한다. 그렇다면 가상현실 기술이 지금보다 훨씬 더 발전하게 됐을 때, 인간은 실제 세계에 있으면서도 가상 세계에 있는 것과 같은 느낌으로 살 수도 있을 것이다. 그렇게 '실제의 삶'(ground)과 '가상의 삶'(cloud)을 분리할 수 없게 된다면, 우리는 대체 세계를 어떻게 받아들여야 할까?

책을 읽는 내내 감당하기 어려운 생각들을 해야 했고, 나는 질주하는 상상 속에서 속도감 때문에 어지러웠다.

나는 언젠가 꿈에서 본 것과 같은, 온통 파란빛이 감도는 풍경화를 그렸다. 모든 것을 고스란히 반사해 비춰 주는 거울 같은 물이 있다.

물에 반사된 것들은 나에게만 비춰지는 뇌의 '인식'이다. 하늘에 떠있는 하얀 구름은 클라우드에서의 삶을 뜻하는 가상현실의 상징이다. 그런데 물에 비친 구름은 하늘의 구름과 다르다. 다른 풍경처럼 고스란히 반사하고 있지 않다. 나는 물 위의 구름만은 만져질 수 있는 것으로 그리고 핑크빛 배의 형상으로 그렸다. 이것은 내가 이해한 인간의 '인식'이다. 뇌가 스스로 이루어낸 감각의 세계다. 나는 저 배에 의심 없이 올라탈 것이다.

그림을 완성하자, 오 헨리의 「마지막 잎새」가 떠올랐다. 소설 속 담쟁이덩굴 잎이 실제든 그림이든 무슨 상관이 있겠는가. 『감각의 미래』에서 저자는 "인간이 인간의 한계를 넘어서는 뭔가를 경험할 수 있는 존재가 되고 싶어 하는 것이야말로 진정으로 인간다운 바람"이라고 말한다.

나는 그 말에 깊이 공감했다. 인간의 본질에 대한 집요한 탐구가 끝내 생명의 존엄함을 확인하는 길이 되기를 바랄 뿐이다.

인식의 세계

53x65cm Oil on Canvas 2017

느리고 오래 가는
기쁨과 즐거움

우리가 사랑한 비린내
_황선도

기겁했다. 가족들과 떠났던 여행길 어느 바닷가 횟집에서 식사했을 때의 일이다. 우리는 도미회를 주문했다. 이윽고 주인이 큼직한 회 접시를 식탁에 놓았다. 주인장이 한껏 솜씨를 발휘하고 싶었나 보다. 도미 머리와 등뼈와 꼬리를 형체 그대로 접시 바닥에 깔고 그 위에 회를 뜬 살을 가지런히 올려놓았다. 젓가락을 들고 살 한 점 집으려는 순간, 갑자기 도미가 크게 꿈틀댔다. 입도 계속 뻐끔거렸다.

"아이고······."

나도 모르게 낮은 비명을 터트렸다. 어쩌면 그것은 탄식이었을지도 모른다. '이건 그저 입에 넣고 씹을 거리만이 아니었구나. 생명이었구나.' 그때 들었던 생각이다. 그 도미가 펄떡거리며 바다를 헤엄쳐 다니는 모습이 떠올랐다. 그날 결국 도미회를 한 점도 입에 넣지 못했다. 비록 우리 가족의 식탁 위에서 영면했지만, 이후 그 녀석은 반려동물처럼 내 기억 속에 정서적으로 자리 잡았다. '니모'. 내가 붙여준 그의 이름이다. 니모는 내 가슴속 푸른 대양에서 언제나 힘차게 헤엄쳐 다닌다.

해양생물학자 황선도 박사가 쓴 『우리가 사랑한 비린내』는 바다에 관한 온갖 수다를 펼쳐 놓는 흥미로운 책이다. 우리 바다를 30년 넘게 누비며 물고기를 연구해 온 학자답게 지금까지 듣도 보도 못한 바다 이야기가 한가득 펼쳐진다. 대양을 자유롭게 누비는 나의 니모처럼 저자의 이야기도 종횡무진이다.

저자가 바닷속 온갖 생물들의 유래와 생태를 이야기할 때는 천생 생물학자로 보인다. 바다 생태계의 역동성을 표현할 때는 시인처럼 느껴지고, 물고기와 함께한 인간의 삶과 우리네 밥상 풍경을 들려줄 때는 인문학자처럼 다가온다. 이런 다양한 느낌을 한꺼번에 전해 주는 책이라서 그런지 읽는 내내 환상적인 풍경의 바닷속을 자유롭게 유영하는 기분이다.

아주 어린 시절, 텔레비전에서 바닷속 풍경을 처음 봤을 때 나는 환상적인 아름다움을 느꼈다. 그때 바닷속을 '물이 가득한 숲'이라고 생각했다. 단지 살고 있는 동물들의 모습만 조금 다를 뿐이었다. 이 책을 읽다가 어릴 때 그 기억이 떠올랐다. '해중림海中林', 즉 바다숲이란 것이 실제로 있고, 5월 10일은 바다 식목일이라는 이야기가 등장하는 대목에서였다. 어린 시절 그 놀랍던 직관력과 통찰력은 다 어디로 갔을까?

『우리가 사랑한 비린내』는 나에게 숲의 형상으로 바다를 그리고 싶도록 만들었다. 바다와 지상 풍경의 경계선을 없애는 방법을 생각해 봤다. 생명의 존재가치에 대한 우열의 경계선을 무너뜨리는 상징적 표현을 하고 싶었다. 자기중심적이고 오만하기 그지없는 인간의 작은 눈이 아니라, 생태계의 거대한 눈에서 본다면 인간이나 해삼이나 결국 똑같은 하나의 생명일 것이 분명하다.

바닷속에는 없는 자작나무를 그렸다. 지상에서 가장 아름다운 풍경을 만들어 내는 자작나무 숲을 나는 바닷속 깊숙이 밀어 넣고 싶었다. 그리하여 산중의 숲 같기도 하고, 바닷속 해초 더미 같기도 한 풍경을 만들었다. 여기서는 물고기가 숲속을 날아다니는 것처럼 보일 것이다. 물속의 유영과 공중의 부유는 본질적으로 같으며, '자유'라는 의미심장한 상징도 공유한다.

자연은 본래 총천연색이다. 하지만 나는 이 화폭의 전반적인 색조를 초록으로 물들이고 싶었다. 초록은 살아있는 모든 존재들에게 자유

자작나무 바다숲

45.7x38cm Oil on Canvas 2017

를 만끽하게 해주고픈 자연의 염원이 아닐까 생각했다. 붓을 놓고 가만히 들여다보니, 인간으로 인해 이미 수많은 생명들이 멸종했다. 그럼에도 아직까지 이토록 힘차게 살아남아 준 지구상의 모든 생명체들이 문득 대견하고 고마웠다.

『우리가 사랑한 비린내』의 마지막에는 이런 문장이 등장한다.

"인류는 종이 소멸되는 위협에 처하기 전에 속도로부터 벗어나야 한다. 속도와 효율성에 도취한 흐름에 전염되지 않기 위해서는 느리고 오래 가는 기쁨과 즐거움을 적절하게 누려야 한다."

일본의 인문학자 쓰루미 요시유키가 쓴 『해삼의 눈』이라는 책이 있다. 아시아·태평양 지역 고대로부터의 문명 교류사를 다룬 인문학 책이다. '눈이 없는 해삼의 눈으로 추적한 인간의 문명'이라는 관점이 무척 흥미로우면서도 놀랍도록 치밀하게 쓴 명저다. 『해삼의 눈』에는 '인간족'이라는 단어가 등장한다. 인간을 해삼에 대비해 우열 없는 하나의 생명 개체로 평등하게 표현한 것이다.

'느리고 오래 가는 기쁨과 즐거움'이란 결코 다른 생명들을 멸종시키며 얻어지는 게 아닐 것이다. 우리는 모두 함께 살아가야 한다.

스스로를 멸시하는
가장 쉬운 방법

동물 기계
_루스 해리슨

"동물이 행복하지 않으면 인간 또한 행복하지 않다."

어느 날 영국인 루스 해리슨은 식육용 송아지를 키우는 농장을 방문했다. 그녀는 사육 상자 안에 갇힌 송아지의 비참한 얼굴을 처음 보았다. 자신의 몸이 겨우 들어갈 정도의 작은 사육 상자 안에서 송아지는 도축되기 전까지 하루에 두 번 겨우 먹이를 먹을 때만 빛을 볼 수 있었다. 사람들은 심지어 2주에 한 번씩 목 혈관을 칼로 베어 강제로 피를 뽑았다. 철분이 부족해져 빈혈을 초래해야 육질이 흰 고기를 만들고, 이를 소비자에게 공급할 수 있다는 이유였다. 참혹하고 끔찍한 이 광경은 해리슨에게 잊을 수 없는 충격과 슬픔 그리고 분노를 안겨

주었다.

1964년 영국에서 출간된 『동물 기계』는 인간의 먹거리를 위해 '식용 기계'가 된 동물들의 실상을 적나라하게 고발했다. 동물복지 활동가이자 작가인 해리슨은 동물을 사랑하고 아끼는 나라라고 자랑했던 영국의 감추어진 야만적 모순을 적나라하게 폭로했다. 그는 송아지, 육계, 배터리 케이지에 갇힌 산란계의 참혹한 사육방식을 여과 없이 보여주면서 생명과 지각을 갖춘 동물들이 인간에 의해 가혹하게 희생되고 있음을 비판했다.

인간은 풍족하고 신속한 먹거리 확보를 위해 농장 동물들의 삶을 철저하게 유린했다. 동물들은 오직 질 좋은 고기를 양산하기 위한 도구였고, 도축을 위해서만 존재하는 고깃덩어리에 불과했다. 농부, 도축인, 중간상인, 가게 주인, 주부의 관심은 오직 질 좋고 맛있는 고깃덩어리를 획득하는 것이었다. 항생제와 성장 호르몬, 안정제와 살충제를 온몸에 축적한 사육동물들은 가판대에 전시되기 위해 약물로 범벅이 됐다. 약물이 축적된 가축의 몸은 생태계 먹이사슬 마지막 단계인 인간의 식재료로 판매된다. 동물의 몸은 이윤창출에 도움을 주지 못하면 언제든 폐기되거나 도태된다.

생명을 이렇게 하찮고 별것 아닌 물건으로 취급하면서도, 아무도 동물의 열악한 환경과 끔찍한 사육방식을 문제 삼지 않았다. 해리슨은 "농장을 모멸하는 것은 우리 자신을 모멸하는 행위 중 하나가 된다"고

빛의 위로

53×46cm Oil on Canvas 2020

역설한다. 그는 잔인하고 비인도적인 가축 생산은 결국 우리 인간성을 피폐하게 만들고 파괴할 것이라고 염려한다. 『동물 기계』의 추천사를 쓴 환경운동가 레이첼 카슨은 "이 책이 소비자의 저항에 불을 붙여, 이 거대한 새로운 축산 방식을 선택하는 비율이 강제로라도 고쳐지기를 희망한다"고 언급했다.

굶주림과 갈증으로부터의 자유, 불편함으로부터의 자유, 고통·부상·질병으로부터의 자유, 일반적인 행동을 할 자유, 두려움과 정신적 고통으로부터의 자유는 농장 동물 복지자문위원회가 채택한 동물의 5대 자유다. 해리슨의 『동물 기계』 출간은 사육동물의 실태를 통해 비대하고 탐욕적인 인간 욕망을 반성하게 만들었다는 점에서 시사하는 바가 크다.

하지만 지금도 여전히 사육동물이 처한 환경은 나아지지 않았다. 그들의 비참함을 개선하려는 목소리는 미미할 뿐이다. 인간의 먹거리가 되기 위해 사육되는 동물들은 기본적으로 자유로울 수 없지만, 최소한 생명체로 살아있는 동안만이라도 그들의 본성은 존중되어야 한다. 그것은 궁극적으로 인간의 인간성을 보호하기 위한 행위이기도 하다. 해리슨은 "끔찍한 방법을 동원해 동물을 멸시하는 인간은 결국 궁극적으로 사람을 대하는 방식도 정상일 수 없다"고 강조한다.

우리의 행위가 부메랑이 돼 세상을 뒤흔드는 오늘의 현실을 보면서 인간을 위해 희생된 생명에게 한없이 미안했다. 그들의 자유를 강탈한 인간의 탐욕에 부끄럼을 느꼈다. 진정한 위로와 회복이 절실히 필요할 때다. 캔버스에 붓질하며 나는 보았다. 물끄러미 나를 응시하는 송아지의 맑고 슬픈 눈빛을.

동물은
'다른 모습의 인간'이다

동물 안의 인간
_노르베르트 작서

"동물들에게는 인간적인 특성이 숨겨져 있다. 이를 뒤집어 말하면 인간을 포함한 모든 포유동물은 긴밀한 공통점을 지닌다고 할 수 있다. 하지만 이런 사실은 종종 논외로 여겨지곤 한다. 다시 말해 포유동물들의 특성을 논할 때 정작 인간을 제외하는 일이 비일비재하다."

동물행동학 분야의 세계적 선구자 노르베르트 작서 교수의 『동물 안의 인간』에 나오는 문장이다. 현재 독일 뮌스터대학 동물행동학 연구소장을 맡고 있으며, 30여 년간 동물들의 생각과 감정 그리고 행동을 탐구했다. 이 책은 동물행동학 분야 최신 지식을 알기 쉽게 설명해준다.

저자는 이 책에서 동물들 안에 숨겨진 인간적인 특성은 무수하게 많으며, 동물과 인간 사이의 간극은 점차 좁아지고 있다고 역설한다. 생물학적으로 우리 인간은 척추동물이며, 침팬지·돌고래·개 혹은 쥐처럼 포유강綱에 속하는 포유동물이다. 따라서 두뇌·신경·호르몬 체계도 당연히 비슷할 수밖에 없는데, 이렇게 생명 체계가 닮을수록 서로 더 비슷할 수밖에 없다고 설명한다. 전통적으로 우리 인간은 '이성'이라는 것을 지닌 유일무이한 존재로 여겨져 왔다. 하지만 최근 동물들의 인지 능력에 관한 연구가 비약적으로 발전하면서 정설처럼 여겨지던 인간 유일 이성론은 뿌리째 흔들리고 있다.

나는 책을 읽으며 '동물행동학'이란 학문이 인간의 본질을 탐구하는 '인간학'의 다른 이름이라는 것을 깨달았다. 동시에 동물을 바라보는 내 시선에도 확실한 변화가 생겼다. 단지 몰랐던 정보만 알게 된 것이 아니라, 이렇게 세상을 보는 시각 자체가 송두리째 달라지는 경험을 할 때마다 드는 생각이 있다. '독서란 참으로 영험한 것'이다. 이런 독서 경험을 동물 행동에 비유하면 어떤 형상일까. 수면 위로 크게 솟구쳐 올라 폭발하듯 거대한 물보라를 일으키는 고래의 몸짓 같지 않은가. 때로 독서는 우리에게 거대한 도약을 선사한다.

『동물 안의 인간』을 읽으며 내 사유가 크게 도약한 부분이 있다. 내가 평생토록 가지고 있던 시각적 대상화의 한계를 깰 수 있었다. 모든 것에는 이면이 있고 그것을 포함한 본질이 있다. 이것은 사유하지 않으면 결코 볼 수 없다. 보이는 것만이 전부라는 믿음은 유치하고 부실하다. 대상화하면 타인의 고통과 죽음조차 고작 스펙터클로 소비하게 된다.

우리를 에워싼 현대 미디어는 뭔가를 끊임없이 보여주지만, 보이지 않는 부분까지 찾으려는, 그로써 본질을 보려는, 우리의 호기심과 탐구심을 차단시킨다. 보여주는 것만 보라는 것이 아닌가. 비유하자면 인간에게 모든 동물을 고기로만 보라는 것과 같다. 동물들을 볼 때마다 생명의 존엄을 감각하고 경이로움을 만끽하는 일. 나는 화가로서 바로 그것을 해야만 한다고 생각했다.

내가 마음 깊이 존경하는 분들이 있다. 그분들이 키우는 반려견 나이가 열여덟 살이다. 사람 나이로는 백 살도 넘은 고령이다. 그 개 이름은 푸코다. 철학자 미셸 푸코에서 딴 이름이라고 한다. 몇 해 전부터 치매 증상이 나타나자 내외분은 보살핌에 더 신경을 쓰셨다고 한다. 그들의 사랑하는 마음이 내게도 전이된 것일까. 언제부턴가 나도 자꾸 푸코의 안부를 물었다.

『동물 안의 인간』을 읽는 동안 푸코를 자주 떠올렸다. 마지막 책장을 덮고 나자 그 녀석을 그리고 싶었다. 개의 마음과 사람의 마음이 다르지 않다면, 푸코의 가슴에는 분명 사랑과 추억이 가득 담겨 있을 것이다. 18년이 흘러도 변치 않는 사랑과 보살핌을 주는, 주인이 아닌 가족의 모습으로 말이다. 사랑하는 가족과의 추억과 세월을 눈빛으로 표

푸코

45×37.5cm Acrylic on Canvas 2019

현하는 푸코를 그리고 싶었다. 나는 푸코를 위한 그림을 그려보기로
했다.

인물화를 그리려면 얼굴을 굉장히 섬세하게 관찰해야 한다. 아주
조금만 다르게 그려도 그 사람의 섬세한 인상이 제대로 표현되지 않는
다. 그러면 아예 다른 사람이 돼 버린다. 고유명사가 대명사가 돼 버리
는 것이다. 나는 미니어처 슈나우저가 아니라 '푸코'를 그리기 위해 고
심했다.

우리 눈이 잘 구분하지 못할 뿐 사람의 생김새와 성격이 다 다르듯
개들도 각자의 개성이 있을 것이다. 개의 진짜 얼굴은 키우는 사람만
이 안다고 한다. 그런데 내가 그것을 할 수 있을까. 내외분의 SNS에 올
라와 있는 사진을 토대로 푸코를 그리기 시작했다. 그 사진을 찍었을
순간 내외분의 마음을 헤아려보았다. 분명 사랑 가득한 표정으로 푸코
를 보고 있었을 것이다. 그런 사랑을 받는 그 순간 푸코는 분명 미소를
띠었을 것이다. 그래서 사진과는 조금 다른 표정의 푸코가 캔버스 위
에 등장했다. 내가 그린 것이 그냥 개인지 푸코인지 아직 확신이 없다.

나는 아들의 능력을 빌려야겠다고 생각했다. 순수한 어린 눈으로
는 푸코와 개의 차이를 구분할 수 있을 것이 분명했다. 정말 그랬다.
아들의 조언을 따라가자 내가 그린 개는 점점 푸코가 돼 갔다. 내가 참
고했던 사진들과는 달리 웃음을 띤 푸코를 그릴 수 있었다. 철학자 이
름을 딴 강아지여서일까. 내가 그린 푸코의 얼굴에도 뭔가 깊이 생각

하는 듯한 표정이 담겼다. 아들이 "이제 푸코야"라고 선언한 순간 나는 붓을 놓고 캔버스에 사인을 새겼다.

　노르베르트 작서는 『동물 안의 인간』에서 "동물들에게 '더 좋은 인간'이란 없다. 선악이나 옳고 그름은 인간이 문화를 통해 성취한 결과물이다"라고 말했다. 이것은 미셸 푸코의 "우리의 것이 정상이라는 그 거만함이야말로 진정으로 야만스러운 사고다"라는 말과 맥이 닿아 있다. 강아지 푸코 때문에 나는 책을 읽고, 그림을 그렸으며, 그 안에서 모종의 깨달음까지 얻었다. 동물은 '다른 모습의 인간'이다. 푸코와 지구상의 동물들이, 그리고 사람들이, 생의 모든 시간 동안 서로 존중과 사랑으로 행복하기를 빈다.

숨 모자 | 첫눈 | 2018

인생의 밑줄 김경집 | 한겨레출판 | 2019

여행이 좋아서 청춘이 빛나서 류시형 외 | 길벗 | 2018

세상은 묘지 위에 세워져 있다 이희인 | 바다출판사 | 2019

할머니의 좋은 점 김경희 | 휴머니스트 | 2020

나쁜 기억을 지워드립니다 기시미 이치로 | 이환미 옮김 | 부키 | 2020

다행히 나는 이렇게 살고 있지만 지평님 | 황소자리 | 2019

이스탄불 이스탄불 부르한 쇤메즈 | 고현석 옮김 | 황소자리 2020

술집 학교 가나이 마키 | 안은미 옮김 | 정은문고 | 2019

수학자의 공부 오카 기요시 | 정회성 옮김 | 사람과나무사이 | 2018

슬픈 날엔 샴페인을 정지현 | 그여자가웃는다 | 2018

마음아, 넌 누구니 박상미 | 한국경제신문 | 2018

3장

거짓말이다 김탁환 | 북스피어 | 2016

BOB DYLAN — 아무도 나처럼 노래하지 않았다 구자형 | 북바이북 | 2016

사람은 사람으로 사람이 된다 나쓰카리 이쿠코 | 홍성민 옮김 | 공명 | 2019

이토록 멋진 마을 후지요시 마사하루 | 김범수 옮김 | 황소자리 | 2016

나무처럼 생각하기 자크 타상 | 구영옥 옮김 | 더숲 | 2019

지킬의 정원 거트루드 지킬 | 이승민 옮김 | 정은문고 | 2019

감각의 미래 카라 플라토니 | 박지선 옮김 | 흐름출판 | 2017

우리가 사랑한 비린내 황선도 | 서해문집 | 2017

동물 기계 루스 해리슨 | 강정미 옮김 | 에이도스 | 2020

동물 안의 인간 노르베르트 작서 | 장윤경 옮김 | 문학사상사 | 2019

책 읽는 아틀리에

지은이　　천지수

2021년 6월 14일 초판 1쇄 발행

책임편집　김창한
기획편집　선완규 김창한 윤혜인
디자인　　형태와내용사이

펴낸곳　　천년의상상
등록　　　2012년 2월 14일 제2020-000078호
전화　　　031-8004-0272
이메일　　imagine1000@naver.com
블로그　　blog.naver.com/imagine1000

ⓒ 천지수 2021

ISBN　　979-11-90413-25-1 03810